Hollywood in Berlin

Zu diesem Buch

Hollywoods Star-Regisseur Steven Vielwerk plant die Verfilmung eines Bestsellers, den kein Geringerer als der ehemalige Tennis-Star Boris Baller geschrieben hat. Ballers Werk präsentiert eine völlig neue Fassung der deutschen Wiedervereinigung mit Kanzlerin Angela Rautel, Linkspolitiker Gregor Riesi, den Präsidenten Barack Nolama und Wladimir Knutin sowie dem ehrenwerten Silvio Belladonni. Für die Besetzung dieser Rollen wendet sich Vielwerk an die Hollywood-Stars Julia Topherz, Arnold Hantelegger, Danny Levino und Brad Hit. Argwöhnisch beäugt von den betroffenen Politikern wird der Film gedreht, wobei unter anderem zahlreiche Hasen, die Baustelle des Hauptstadtflughafens in Berlin sowie der Beste und der Zweitbeste aller Geheimagenten zum Einsatz kommen.

Ulrich Landwehr

HOLLYWOOD IN BERLIN

Roman

Alle Inhalte dieses Romans sind frei erfunden. Dieser Roman enthält keinerlei Tatsachenbehauptungen oder Meinungsäußerungen zu realen Personen, Institutionen, Namen, Objekten oder Ereignissen. Ähnlichkeiten mit der Wirklichkeit ändern nichts daran, dass dieser Roman ein reines Fantasieprodukt ist, keinerlei Wahrheitsgehalt beansprucht und einzig und allein als humorvolle Unterhaltung gedacht ist.

Copyright © 2017 Ulrich Landwehr
Umschlaggestaltung: Ulrich Landwehr

Herstellung und Verlag:
BoD - Books on Demand, Norderstedt
ISBN 9783744818162

1. Kapitel
August 2011 in Hollywood

Papaya

Star-Regisseur Steven Vielwerk saß an einem sonnigen Sommertag des Jahres 2011 am Pool seiner Villa in Hollywood. Neben ihm lag der Roman *Die Kanzlerin der Einheit*, den der ehemalige Tennis-Star Boris Baller geschrieben hatte. Seit einem Jahr war das Buch in Deutschland ein Bestseller und hatte sogar in den USA eine gewisse Bekanntheit erlangt.

Steven lehnte sich zurück und versuchte, sich zu konzentrieren: "Soll dieses Werk denn nun mein nächstes Filmprojekt werden, ja oder nein?"

Aber weit kam er mit seinen Gedanken nicht. Vom Nachbargrundstück hörte er Schüsse: Bumm-Bumm! Und dann nochmals: Bumm-Bumm!

Steven fluchte: "Nein! Nicht schon wieder! Dieser Kerl macht mich noch wahnsinnig!"

Und wieder waren Schüsse zu hören: Bumm-Bumm!

Steven drehte sich um und rief in Richtung seiner Villa: "Cynthia! Lass den Hund los!"

Seine Frau erschien zwar nicht in Sichtweite, aber ein großer schwarzer Hund schoss aus dem Haus schnurstracks in Richtung des Zauns zum Nachbargrundstück und veranstaltete dort ein wildes Gekläff.

Weiteres Geballere vom Nachbargrundstück unterblieb. Stattdessen erschien zwei Minuten später Arnold Hantelegger am Gartenzaun und rief über das Gebell des Hundes hinweg:

"Hi Steven! Wie geht's denn so? Schöner Sonntag, nicht wahr?"

Steven stand auf und ging vom Pool zum Gartenzaun, wobei er mit einem gewissen Respekt die monströse Schusswaffe taxierte, die Arnold in Händen hielt: "Arnie, wie oft habe ich dir schon gesagt, du sollst hier nicht so rumballern, als wären wir im Wilden Westen!"

Mit breitem Lächeln erwiderte Arnold: "Was meinst du denn damit, Stevie?"

Steven sah wortlos auf die Kanone in Arnolds Händen, woraufhin auch Arnold auf die Waffe blickte und erklärte: "Cooles Teil, nicht wahr? Das ist die neue Nihilator 17! Ich muss mit ihr noch ein bisschen für meinen nächsten Film üben. Sie ist nicht ganz leicht zu handhaben. Aber dafür ist es ein perfektes Training für die Nackenmuskeln, wenn man zielt. Schau!"

Arnold Hantelegger richtete den Lauf der Kanone irgendwo in die Landschaft. Steven dagegen merkte, wie sein Ärger anschwoll. In leicht verschärftem Tonfall stieß er hervor: "Arnie! Du bist ein Irrer! Und du machst unseren Hund verrückt!"

Arnold sah auf den immer noch bellenden Hund, streckte vorsichtig eine Hand durch den Gartenzaun und begann, dem Hund zuzuwinken. Zu Stevens Entsetzen wurde der Hund ruhiger und ließ sich schließlich sogar von Arnold kraulen. Währenddessen balancierte Arnold die monströse Waffe in der anderen Hand und stellte fest: "Oh! Das ist aber eine krasse Übung für die Armmuskeln!"

Steven pfiff wütend durch die Zähne: "Arnie!"

Arnold zog seine Hand durch den Holzzaun zurück. Dann drehte er sich wortlos um und machte Anstalten, seelenruhig in Richtung seines Hauses davonzuspazieren.

Stevens Blutdruck stieg weiter, und er rief Arnold hinterher: "Wir sprechen uns noch!"

Daraufhin wandte sich Arnold zu Steven um und erwiderte mit breitem Grinsen: "Warte mal eben eine Minute!" Und er fügte hinzu: "I'll be back!"

Als Arnold verschwunden war, blieb Steven zunächst ein wenig ratlos am Gartenzaun stehen. Dann begann er, ziellos auf seinem Rasen hin und her zu schlendern, während der Hund um ihn herumtollte.

Tatsächlich kam Arnold eine Weile später wieder auf den Gartenzaun zumarschiert. In seinen Händen hielt er keine Schusswaffe mehr, sondern ein Tablett mit drei Gläsern.

Steven ging ihm bis zum Zaun entgegen, und Arnold erklärte: "Wie wäre es mit einem eisgekühlten Eiweiß-Spezial-Shake? Super gesund! Cynthia ist doch sicher auch zu Hause, oder?"

Stevens Zorn war fürs Erste verraucht. Er drehte sich in Richtung seiner Villa um und rief: "Cynthia! Der Ballermann hat Erfrischungen für uns!"

Cynthia erschien und kam zu den beiden herüber. Um der Beschwerde ihres Mannes Nachdruck zu verleihen, begrüßte sie Arnold mit tadelnden Worten: "Arnie! Du Schuft! Du hast mich gnadenlos um meine Mittagsruhe gebracht!"

Arnold antwortete mit eine Mischung aus Grinsen und Dackelblick: "Tut mir leid, Cynthia! Kannst du mir noch einmal vergeben? Es soll nicht wieder vorkommen. Ich gelobe Besserung."

Cynthia und Steven lachten nur kurz höhnisch auf, da sie bereits aus Erfahrung wussten, dass Arnolds Beteuerungen, auf weitere störende Schießübungen zu verzichten, nichts als leere Versprechungen waren.

Arnold balancierte geschickt das Tablett auf einer seiner Pranken, und reichte mit seiner anderen Hand nacheinander zwei Gläser über den Gartenzaun.

Er erläuterte: "Eiweiß, Papaya und ganz viel Eis!" Und alle begannen, durch die in den Gläsern stehenden Strohhalme zu trinken. Eine kleine Stille entstand, da Cynthia und Steven es nicht übers Herz brachten, Arnie durch Lob des Drinks in seinem Geballere und seinem sonstigen Tun zu bestärken.

Dann plauderten sie ein wenig über das Wetter, und damit es nicht allzu gemütlich wurde, erklärte Steven schließlich trocken: "Okay, dann wollen wir mal wieder etwas Sinnvolles tun! Und Herumballern gehört bestimmt nicht dazu."

Cynthia und Steven reichten die leeren Gläser zurück über den Gartenzaun, und man trennte sich.

Während Cynthia und Steven auf ihr Haus zugingen, fragte Steven seine Frau: "Na, was meinst du? Wie viele Schüsse sind mit diesem Cocktail entschuldigt?"

Cynthia dachte kurz nach und antwortete: "Vier oder fünf, würde ich sagen."

Steven ließ die Antwort auf sich wirken und meinte dann: "Ja, dem kann ich mich anschließen. Seien wir nicht kleinlich. Fünf Schüsse sind also abgegolten. Und was machen wir mit den restlichen zwei Dutzend Schüssen?"

Cynthia antwortete kalt lächelnd: "Auge um Auge! Zahn um Zahn! Gerechte Strafe soll ihn treffen!"

Steven nickte. Wie schon des Öfteren zuvor war er auch diesmal leicht erstaunt über die Bereitschaft seiner Frau zu eiskaltem, gnadenlosem Urteil.

Cynthia verschwand im Haus, und Steven setzte sich wieder an den Pool.

2. Kapitel
August 2011 in Hollywood

Matchball

Nachdem er noch ein paar Mal über Arnold Hantelegger den Kopf geschüttelt hatte, räkelte sich Star-Regisseur Steven Vielwerk in seinem Sessel, sah um sich und fragte in den Garten hinein: "Wo war ich eben stehen geblieben?"

Sein Blick fiel auf den Bestseller *Die Kanzlerin der Einheit* von Boris Baller, der neben ihm auf dem Pool-Tischchen lag: "Ach ja!"

Er nahm das Buch zur Hand und ließ es von einer Hand in die andere gleiten. So ging es ein paar Mal hin und her. Dann blätterte er mit dem Daumen durch die Seiten. Schließlich sah er fragend auf das Cover: "Was mache ich denn nun mit dir? Mag ich dich verfilmen? Oder mag ich dich nicht verfilmen? That is the question. Du bist zwar nicht von Shakespeare und sicher auch kein Anwärter auf den Nobelpreis, aber immerhin hast du dich schon millionenfach verkauft.

Wenn es ein Publikum für einen großen weißen Raubfisch, einen Schrumpelzwerg mit leuchtendem Finger und die Auferstehung der Reptilien gibt, dann gibt es vielleicht auch ein Publikum für dich. Insbesondere, wenn ich die richtigen Schauspieler nehme. Julia Topherz als Kanzlerin Angela Rautel, das wäre doch mal was."

Steven hatte einen sehr guten Riecher für das Produzieren erfolgreicher Filme. Nicht ohne Grund war er der bekannteste Regisseur in Hollywood. Und weil er so einen guten Riecher hatte, hatte er sich die Filmrechte für *Die Kanzlerin der Einheit* bereits über einen Strohmann zu halbwegs moderaten Konditionen gesichert, als erst einige Hunderttausend Exemplare davon verkauft waren. Filmrechte kaufte er schon seit Jahren in großem Stil, mindestens zwei Dutzend im Jahr. Nur wenige dieser Stoffe verfilmte er selbst. Aber selten war sein Riecher so schlecht, dass er die Filmrechte nicht mindestens zum Einkaufspreis wieder abgeben konnte.

Aber *Die Kanzlerin der Einheit* gehörte zu den drei oder vier Büchern des vergangenen Jahres, bei denen er ein gewisses Kribbeln verspürte, selbst die Regie zu übernehmen. Er musste sich auch eingestehen, dass ihn nicht nur die Handlung und der bisherige Erfolg des Buches anspornten, sondern dass sein Interesse auch durch die Person des Autors geweckt wurde. Denn der Verfasser des Romans war Boris Baller, ein ehemaliger Tennis-Star aus Deutschland, der in seinen Glanzzeiten immerhin dreimal das Turnier in Wimbledon gewonnen hatte.

Steven war Boris Baller schon flüchtig auf zwei oder drei Prominentengalas begegnet. Viel Interesse an Tennis hatte Steven zwar nicht, und insofern war Boris Baller für ihn bislang auch keine sonderlich relevante Größe gewesen. Aber nun musste er doch einräumen, dass es schon ein recht spektakulärer Matchball war, wenn ein Tennis-Star einen Bestseller schrieb, in dem es nicht einmal um Tennis ging. Und dass in dem Bestseller sogar Barack Nolama, Wladimir Knutin, Angela Rautel und Silvio Belladonni vorkamen, war bestimmt keine schlechte Idee.

Steven hatte sich daher ein wenig über Boris Baller erkundigt. Allerdings war das, was seine Informanten berichteten, nicht allzu schmeichelhaft: Boris Baller sei abseits der

Tennisplätze dieser Welt bislang nicht durch exorbitante Helligkeit hervorgetreten. Sein Lieblingswort sei "Äh". Und er habe anscheinend eine Vorliebe für Besenkammern.

Aber ob nun durch das Zutun von Boris Baller selbst oder durch Ghostwriter im Hintergrund, *Die Kanzlerin der Einheit* war ein Volltreffer. An besonders feinsinniger Sprache lag es nicht, eher am Thema, das in Deutschland und scheinbar auch andernorts einen Nerv traf. Und es lag wohl auch an der Neugier der Leser darauf, was eine Person vom Format eines Boris Baller als seinen ersten Roman präsentieren würde.

Steven sann vor sich hin: "Nur an der Prominenz kann es aber eigentlich nicht liegen. Wenn Boris Baller nun einen Tennis-Krimi geschrieben hätte, so einen echten Schocker, in dem er den neuesten Wimbledon-Sieger im Auftrag des Scheichs von Timbuktu von den Balljungen hätte vierteilen lassen, ob das auch so gut angekommen wäre wie *Die Kanzlerin der Einheit*?

Nun ja, vielleicht schon, wenn der neueste Wimbledon-Sieger gerade zum Angeln aufs Meer hinaus gefahren wäre und er statt von Balljungen von einem mörderischen Hai attackiert würde. Wer weiß?

Jedenfalls habe ich die Filmrechte. Boris Baller als Autor der Vorlage soll mir recht sein. Julia Topherz als Angela Rautel, da komme ich nicht von los. Und dass Nolama und Knutin auch dabei sind, ist um so besser. Gregor Riesi kenne ich zwar praktisch nicht. Aber das kriegen wir auch gebacken."

Steven spürte, dass er sich im Grunde schon entschlossen hatte. Er würde bei *Die Kanzlerin der Einheit* Regie führen. Schließlich hatte er auch schon andere Themen mit historischem Hintergrund verfilmt. Und nach ernster Historie wäre harmlos verdrehte Historie wie *Die Kanzlerin der Einheit* doch auch einmal ein Projekt.

Steven überlegte weiter: "Und wie besetze ich die anderen Rollen? Was mache ich zum Beispiel mit Silvio Belladonni?"

Er dachte nach. Da durchzuckte ihn plötzlich ein Einfall, und er lachte laut auf: "Papaya, Papaya! Der Arnie! Der wäre doch genau die richtige Besetzung für Silvio Belladonni, oder nicht?"

Er rieb sich die Hände und sagte sich: "Da muss ich mir aber etwas einfallen lassen, damit mir dieser Fisch auch wirklich an die Angel geht."

3. Kapitel
August 2011 in Hollywood

Minenstreifen

Steven lehnte sich in seinem Sessel am Pool zurück und konzentrierte sich: "Wie war das noch mal? Welche Handlung hat *Die Kanzlerin der Einheit*?"

Er rekapitulierte: Der Roman von Boris Baller beginnt mit seinem Geschehen im Februar des Jahres 2009. Eine Wiedervereinigung Deutschlands, wie sie ja 1990 tatsächlich stattgefunden hat, hat es gemäß der Handlung des Romans bis Ende 2008 schlicht nicht gegeben.

Vielmehr koexistieren in dem Roman im Jahre 2008 weiterhin friedlich zwei souveräne deutsche Staaten: Die Bundesrepublik Deutschland im Westen und die Deutsche Demokratische Republik im Osten. Die Bundesrepublik im

Westen ist weiterhin Mitglied der von den Vereinigten Staaten geführten NATO. Die Deutsche Demokratische Republik im Osten ist Mitglied des von der fortbestehenden Sowjetunion gelenkten Ostblocks. Und mitten durch Deutschland läuft auch 2008 immer noch eine schwer bewachte Grenze, die niemand nach Gutdünken ohne Gefahr für Leib und Leben passieren darf und kann.

Allerdings besagt der Roman, dass trotzdem einiges geschehen ist zwischen 1989 und 2008. Denn zur großen Beruhigung der Weltgemeinschaft hat sich die Lage zwischen Ost und West ein wenig entspannt. 1989 und 1990 sah es zwar zunächst so aus, als würde der Ostblock auseinanderbrechen und in gewaltigen Unruhen mit unabsehbaren Folgen versinken. Aber in letzter Sekunde gelang es dem damaligen Staatschef der Sowjetunion, Michail Gorbichef, die Völker des Ostens zu besänftigen. Mit einem radikalen Schwenk hin zum Kapitalismus, wie er bereits in China vollzogen worden war, lenkte er die Kräfte seiner Untertanen in neue Bahnen und leitete wirtschaftlichen Fortschritt in die Wege. Der letzte Tropfen, der zum radikalen Schwenk in der Politik Gorbichefs führte, war, dass Ungarn im Sommer 1989 kurzzeitig die Grenzen nach Österreich geöffnet hatte. Tausende Bürger des Ostblocks, insbesondere Urlauber aus der Deutschen Demokratischen Republik, nutzten die Gelegenheit zur Flucht.

Gorbichef zwang Ungarn, die Grenzen wieder zu schließen, beschleunigte aber ab diesen Ereignissen massiv seinen bereits in den Vorjahren eingeschlagenen Reformkurs. Er setzte einerseits auf wirtschaftlichen Wandel, aber andererseits auch auf militärische Absicherung. Und irgendwie gelang es ihm, die Lage zu beruhigen, wobei sich hartnäckig

Gerüchte hielten, dass die Vereinigten Staaten Gorbichef dabei mit Billionen von Dollar unter die Arme griffen.

Der Ostblock brach also 1989, 1990 nicht zusammen, sondern Gorbichef brachte ihm einen gewissen inneren Fortschritt und äußere Stabilisierung.

Zur militärischen Absicherung gehörte, dass Anfang der 1990er Jahre die Sperranlagen an der innerdeutschen Grenze mit einem neuen Minenstreifen nachgerüstet wurden. Dieser Minenstreifen hatte die besondere Eigenschaft, dass er nicht nur hervorragend videoüberwacht war, sondern dass sich die in ihm vergrabenen Minen auf Abschnitten von jeweils hundert Metern Länge separat aus der Ferne zünden ließen.

Das Ergebnis war, dass im Jahre 2008 angesichts unüberwindlicher Grenzanlagen, wachsendem Wohlstand im Osten und gleichzeitiger Entspannungen im Personenverkehr zwischen Ost und West niemand, der den Osten verlassen wollte, mehr bei Nacht und Nebel über die Grenzanlagen stieg. Vielmehr stellte es Boris Baller in seinem Roman so dar, dass es 2008 üblich war, dass Ausreiseanträge von Bürgern der Deutschen Demokratischen Republik nach einigen Schikanen für die Antragsteller stets bewilligt wurden.

Boris Baller hatte für seinen Roman *Die Kanzlerin der Einheit* also die Geschichte Deutschlands in den Jahren seit 1989 umgeschrieben. Statt der Wiedervereinigung Deutschlands, wie sie 1990 stattgefunden hatte, gab es in seinem Roman Ende 2008 immer noch zwei deutsche Staaten und einen nicht mehr ganz so eisernen Vorhang quer durch Europa.

4. Kapitel
August 2011 in Hollywood

Ein Hase

Nachdem Star-Regisseur Steven Vielwerk sich somit an diesem schönen Sommertag im Jahre 2011 nach überwundenem Störfeuer durch Arnold Hantelegger am Pool seiner Villa in Hollywood die Ausgangslage von Boris Ballers Roman *Die Kanzlerin der Einheit* vergegenwärtigt hatte, beschloss er, ein paar Runden zu schwimmen.

Nachdem er wieder aus dem Pool gestiegen war und sich abgetrocknet hatte, ging er ins Haus auf der Suche nach seiner Frau Cynthia.

Er fand sie vor ihrem Rechner. Steven schaute über ihre Schulter auf den Bildschirm. Offensichtlich war Cynthia in ein Computerspiel vertieft, dessen Sinn sich Steven aber nicht unmittelbar erschloss.

Cynthia hielt eine Fernsteuerung in Händen, auf der sie blitzartig mit ihren Fingern hin und her klickte. Auf dem Bildschirm waren währenddessen an verschiedenen Stellen kleine Explosionen zu sehen. Erst auf den zweiten Blick erkannte Steven, dass offenbar eine grüne Wiese dargestellt war. Auf dieser Fläche entstanden verstreut kleine braune Erdhügelchen, aus denen dann jeweils kurz ein Maulwurf herausschaute. Cynthias Aufgabe war es offenbar, die Maulwürfe durch Klicken auf ihrer Steuerung zu massakrieren. Gelang ihr dies, färbte sich der entsprechende Maulwurfshügel rot. Und wenn sich der Maulwurf unbeschadet wieder in die Erde zurückziehen konnte, färbte sich der

Maulwurfshügel blau. Nach und nach verwandelte sich die grüne Wiese so in einen rot und blau gesprenkelten Farbteppich.

Steven war gespannt, was passieren würde, sobald die Wiese vollständig durchgearbeitet sein würde. Als es dann so weit war, erschien auf dem Bildschirm ein Textfeld, und dort war zu lesen: "Die Maulwürfe haben gewonnen! Sie haben verloren! 57% blau, 43% rot! Die Demokraten siegen über die Republikaner."

Cynthia quittierte dies mit einem Schlag auf den Tisch und rief enttäuscht: "Shit!"

Dann sah sie leicht genervt zu Steven und fragte: "Was willst du denn?"

Steven erwiderte: "Och! Ich wollte nur sehen, was du so machst."

Cynthia entgegnete: "Wenn du nicht so neugierig über meine Schulter geschaut hättest, hätte ich das Blatt vielleicht noch wenden können."

Auf dem Bildschirm war nun zu lesen: "Wollen Sie eine Revanche?" Und Cynthia klickte auf "Ja".

Steven murmelte noch kurz: "Ich hab' dich auch lieb." Und dann zog er sich vorsorglich zurück.

Steven begab sich wieder zum Pool und konzentrierte sich auf den Roman von Boris Baller.

Die eigentliche Handlung des Buches beginnt im Februar 2009. Wladimir Knutin ist Staatschef der Sowjetunion. Barack Nolama ist frisch als Präsident der Vereinigten Staaten vereidigt. Angela Rautel ist Kanzlerin der Bundesrepublik Deutschland. Und Gregor Riesi ist der Staatschef der Deutschen Demokratischen Republik.

An einem winterlichen Nachmittag im Februar 2009

inspiziert Riesi gerade die innerdeutschen Grenzanlagen. Dort wird er in einen Kontrollstand geführt. Und gemeinsam mit seinem Verteidigungsminister und dem für diesen Grenzabschnitt zuständigen Offizier setzt er sich vor die installierten Bildschirme. Der Offizier erläutert die Videoüberwachung der Grenze und auch den Computer, mit dem sich die Minenzonen entlang dieses Grenzabschnitts ferngesteuert zünden lassen: "Hier sehen Sie ein Verzeichnis mit Dateien. Wenn dort ein Dateisymbol rot aufblinkt, wird dadurch signalisiert, dass das automatische Überwachungssystem in der entsprechenden Zone ein Vorkommnis registriert hat. Wir können diese Zone dann per Videoüberwachung genauer überprüfen. Und bei Bedarf können wir die Minen in dieser Zone ferngesteuert zünden, indem wir einfach das Dateisymbol anklicken."

Riesi ließ den Mauszeiger über die Dateien gleiten. Mit unschuldigem Blick wandte er sich an den Offizier: "Wenn ich also jetzt diese nette, kleine Datei hier mit dem hübschen Namen PZZ338 anklicke, was passiert dann genau?"

Der Offizier erwiderte: "Dann wird es in achthundert Metern Entfernung in nordnordöstlicher Richtung kräftig krachen."

Riesi sinnierte: "Hm. Und ich habe dann wohlmöglich den dritten Weltkrieg ausgelöst?"

Der Offizier antwortete: "Nein, bei den Minen handelt es sich eindeutig nicht um eine Angriffswaffe."

Riesi bohrte nach: "Muss man den Westen nicht vorwarnen?"

Der Offizier antwortete: "Nein. Das ist nicht nötig."

Da leuchtete plötzlich eine der Dateien rot auf, und der Offizier sagte: "Ah, das kommt ja wie gerufen! Ein Vorkommnis! Dann wollen wir uns das einmal genauer ansehen."

Die Videoüberwachung der entsprechenden Grenzzone wurde eingeblendet.

Alle starrten auf den Bildschirm. Schließlich wies der Offizier auf einen kleinen Punkt am Bildrand und sagte: "Dort! Sehen Sie! Ein Hase! Nur ein Hase!"

Gregor Riesi erwiderte: "Ein Hase? So, so. In welche Richtung läuft er denn? Von West nach Ost? Oder von Ost nach West?"

Der Offizier fixierte leicht irritiert den Bildschirm und erklärte dann: "Von Ost nach West, würde ich sagen."

Und Riesi, der schon seit geraumer Zeit ein starkes Bedürfnis verspürte, es einmal so richtig krachen zu lassen, denn immerhin war er ja der Staatschef der Deutschen Demokratischen Republik, rief: "Das ist Republikflucht!"

Und mit diesen Worten klickte er auf die rot blinkende Datei. In einiger Entfernung gab es daraufhin einen beträchtlichen Knall. Und Gregor Riesi empfand eine ganz erhebliche innere Befriedigung.

Ein Soldat stürzte in den Kontrollstand, sah zum Offizier und fragte leicht verstört: "Und nun?"

Der Offizier entgegnete: "Was wohl, Sie Pfeife? Weiter nach Vorschrift natürlich! Zone inspizieren! Schaden melden!"

Der Soldat rief: "Zu Befehl!" Und dann verschwand er wieder im Freien.

Im Kontrollstand entstand ein kurzes Schweigen. Um dieses zu überspielen, beschloss Riesis Verteidigungsminister, so zu tun, als ob Riesis Verhalten Teil normaler Regierungstätigkeit war, und fragte den Offizier betont gelangweilt, was denn für den weiteren Tagesablauf geplant sei.

Der Offizier war ziemlich verwundert über den Auftritt seines Staatschefs und murmelte irgendetwas von Abendessen.

Kurz darauf erschien der Soldat wieder im Kontrollstand und meldete: "Keine besonderen Schäden." Daraufhin hielt er mit einer Hand einen an den Ohren baumelnden Hasen in die Höhe und sagte: "Nur ein toter Hase!"

Und in einer Mischung aus Euphorie und mangelnder Selbstkontrolle erwiderte Gregor Riesi: "Und den hätte ich jetzt gerne gebraten."

So kam es, dass Gregor Riesi, der Staatschef der Deutschen Demokratischen Republik, in Boris Ballers Roman im Februar 2009 in einer Militärkantine an der innerdeutschen Grenze zum Abend einen gebratenen Hasen aß.

Steven Vielwerk dachte: "Warum muss ich bei Gregor Riesi an meine Frau und ihre Maulwürfe denken? Ich glaube, dieser Riesi würde sich ganz gut mit Cynthia verstehen."

Steven war aber natürlich klar, dass Boris Baller in seinem Roman *Die Kanzlerin der Einheit* Schindluder mit Gregor Riesi trieb. Denn er hatte bereits in Erfahrung gebracht, dass Riesi selbstverständlich nie Hasen jagender Staatschef der Deutschen Demokratischen Republik gewesen war, sondern dass es sich bei Riesi vielmehr um einen Funktionär einer eher kleinen, linksgerichteten Partei im wiedervereinigten Deutschland ohne bekanntes aggressives Verhalten gegenüber Hasen handelte.

5. Kapitel
August 2011 in Hollywood

Viele Hasen

Steven erhob sich aus seinem Sessel am Pool, schlurfte ins Haus und schabte sich ein paar Möhren. Auch Cynthia kam in die Küche und erklärte fröhlich: "Hi Schatz! Nun ist die Welt wieder in Ordnung. Den demokratischen Maulwürfen habe ich es diesmal aber ordentlich gezeigt."

Dann schüttelten sie nochmals gemeinschaftlich den Kopf über Arnold Hantelegger, und Cynthia meinte: "Manchmal glaube ich ja, Arnie täuscht den Rest der Welt und ist in Wirklichkeit gar kein Republikaner, sondern auch so ein Maulwurf von den Demokraten."

Sie plauderten noch ein bisschen weiter, und schließlich ging Steven zurück zum Pool und wandte sich wieder dem Buch zu.

Im weiteren Verlauf der Handlung von Boris Ballers Roman ließ Gregor Riesi im Februar 2009 seinen persönlichen Rechner daheim in seinem Häuschen in Wandlitz für die Zündung der Minenzonen entlang der innerdeutschen Grenze und die dazugehörige Videoüberwachung freischalten. Und so kam es im Verlauf des Jahres 2009 noch etwa ein halbes Dutzend Mal vor, dass Gregor Riesi des Abends in Wandlitz per Videoüberwachung eine Minenzone entlang der innerdeutschen Grenze inspizierte, sich vergewisserte, dass weit und breit kein Mensch, wohl aber ein Hase zu sehen war, und dass er dann auf die entsprechende Datei klickte und es gewaltig krachen ließ.

Auch am Abend des 9. November 2009, als Gregor Riesi vor seinem Rechner in Wandlitz saß, überkam ihn dieses Kribbeln, und er sagte sich: "Ich glaube, ich sollte mal wieder ein bisschen Staub aufwirbeln."

Er hantierte ein wenig fahrig auf der Tastatur herum, startete das Grenzsicherungssystem und begann, nach einer Überwachungskamera zu suchen, die an der innerdeutschen Grenze einen Hasen zeigte.

Was er nicht bemerkte, war, dass er dabei die Zünddateien sämtlicher Minenzonen entlang der gesamten innerdeutschen Grenze markierte. Mit starrem Blick auf eine Ansicht irgendeiner hasenfreien Minenzone entlang der innerdeutschen Grenze flüsterte er lockend: "Komm, Hase, komm!"

Und dann tippte er in seiner Ungeduld mehr oder weniger versehentlich ganz leicht auf die Enter-Taste.

Er sah, wie die Minenzone, auf die sich die eingeblendete Kameraeinstellung richtete, in die Luft flog, und rief: "Ah, Mist! Da war doch gar kein Hase!"

Was er nicht sah und angesichts der geografischen Lage von Wandlitz auch nicht hören konnte, war, dass in diesem Moment die gesamte Grenzbefestigung entlang der innerdeutschen Grenze vom Erzgebirge bis zur Ostsee und rund um Berlin mit einem einzigen großen ohrenbetäubenden Getöse in die Luft geflogen war.

Zwei Minuten später klingelte bei Riesi das Telefon. Riesis Verteidigungsminister war am Apparat und rief: "Alarmstufe Rot! Der Klassenfeind überrennt auf breiter Front unsere Grenzanlagen! Die Truppen aus dem Westen marschieren bei uns ein!"

Riesi erwiderte nur: "Witzbold!"

Der Verteidigungsminister entgegnete erregt: "Das ist kein Scherz, Gregor! Alarmstufe Rot! Es ist Krieg!"

Irritiert fragte Riesi: "Wo denn?"

Der Verteidigungsminister erwiderte: "Entlang der gesamten innerdeutschen Grenze!"

Riesi hielt dagegen: "Red kein Blech! Hast du zuviel getrunken? Beherrsch dich gefälligst! Wir können es uns angesichts unserer Verantwortung für die Deutsche Demokratische Republik wahrlich nicht erlauben, über Krieg zu scherzen."

Der Verteidigungsminister wiederholte mit Nachdruck: "Das ist kein Scherz, Gregor!"

Riesi entgegnete: "Also, hier ist alles ruhig."

Der Verteidigungsminister erwiderte: "Bei mir hier auch, aber nicht an der Grenze."

In einer Mischung aus Reaktion auf eventuelle Bedrohung und dem Versuch, seinen Verteidigungsminister zur Raison zu bringen, rief Riesi: "Dann schaff mir die Rautel ans Telefon!"

Der Verteidigungsminister bestätigte noch: "Zu Befehl!" Dann legte er auf, und Gregor Riesi rieb sich kopfschüttelnd die Augen.

Es vergingen keine drei Minuten, und Riesi telefonierte mit Angela Rautel, der westdeutschen Kanzlerin. Er begann: "Mein Verteidigungsminister sagt, ihr greift uns an!"

Daraufhin erwiderte Angela Rautel: "Auch mein Verteidigungsminister hat mich soeben kontaktiert. Er hat gemeldet, es gebe massive Unruhe entlang der gesamten innerdeutschen Grenze. Ich kann aber versichern, dass es sich nicht um einen Angriff der Bundesrepublik auf die Deutsche Demokratische Republik handelt. Vielleicht ist es umgekehrt, und einer eurer

Generäle ist durchgedreht und attackiert den Westen."

Riesi entgegnete "Das halte ich für ausgeschlossen. Aber was machen wir jetzt? Wie gehen wir mit diesen verwirrenden Meldungen um?

Folgender Vorschlag meinerseits: Wir garantieren uns gegenseitig einen einstündigen Waffenstillstand und dann telefonieren wir wieder miteinander."

Angela Rautel bestätigte: "Einverstanden! Eine Stunde absoluter Waffenstillstand, dann erneutes Telefonat."

Die beiden beendeten ihr Gespräch und nahmen unter Weitergabe des Waffenstillstandsbefehls Kontakt zu ihren Krisenstäben auf.

Und siehe da: Entlang der innerdeutschen Grenze blieb es nach dem großen Getöse still und friedlich.

Schließlich erhielt Riesi einen Anruf von seinem Verteidigungsminister. Dieser stellte fest: "Okay! Doch kein Krieg! Irgendein Volltrottel auf unserer Seite hat mit Hilfe unseres Grenzsicherungssystems sämtliche Minen entlang der innerdeutschen Grenze in die Luft gejagt! Wenn ich den erwische, dann erwürge ich ihn eigenhändig!"

Das war der Moment, als Riesi begriff, dass es möglich oder sogar wahrscheinlich war, dass er selbst es war, der soeben beinahe den dritten Weltkrieg ausgelöst hatte.

Als das Gespräch mit seinem Verteidigungsminister beendet war, rang er erst einige Atemzüge lang um Fassung und telefonierte dann abermals mit Angela Rautel: "Wenn ich das richtig sehe . . ."

Rautel setzte den Gedanken fort: ". . . dann haben Sie Ihre eigenen Grenzanlagen in die Luft gesprengt!"

Riesi bestätigte dies in dürren Worten. Dann sicherten sich die beiden zu, sich über weitere beunruhigende Entwicklungen sofort gegenseitig auf dem Laufenden zu halten und größten Wert auf absolute Waffenruhe entlang der innerdeutschen Grenze zu legen.

Die innerdeutschen Grenzanlagen waren zwar nun ein Trümmerfeld, aber zu weiteren markanten Ereignissen kam es dort nicht.

Noch in derselben Nacht entließ Riesi allerdings seinen Verteidigungsminister und stellte ihn unter Hausarrest. Denn zum einen brauchte er für die Öffentlichkeit einen Verantwortlichen für dieses Debakel, das ohnehin nicht zu vertuschen war, und zum anderen wollte er nicht erwürgt werden.

Sein ganz persönliches Fazit dieses dramatischen Abends des 9. November 2009 behielt Gregor Riesi aber wohlweißlich für sich: "Meine Güte! Das waren aber vermutlich ziemlich viele Hasen!"

6. Kapitel
August 2011 in Hollywood

Ehrenmänner

Laut Boris Ballers Roman *Die Kanzlerin der Einheit* hatte Angela Rautel zu denen gehört, die sich im Sommer 1989 über Ungarn und Österreich von Ostdeutschland nach Westdeutschland abgesetzt hatten. Seither hatte sie es in einem beeindruckenden Aufstieg bis zur Kanzlerin der Bundesrepublik Deutschland gebracht. Und nun ergriff sie im November 2009 die Gelegenheit beim Schopfe und hielt eine

Rede an das deutsche Volk in West und Ost, der Fall der Mauer sei ein Zeichen, dass die Zeit reif sei für eine Wiedervereinigung.

Rautel sprach sicher aus tiefstem Herzen, hatte die allgemeine Stimmungslage aber nicht ganz richtig eingeschätzt. Denn die Reaktion auf ihren Vorstoß war ein allseitiges Nein.

Westdeutschland und auch der ganze Rest des Westens ächzten im November 2009 unter einer schweren Finanzkrise, im Zuge derer mehrere große Banken Pleite gegangen waren oder mit Billionen von Dollar gerettet werden mussten. Die Wirtschaft befand sich in der Rezession, die Staatsverschuldung schnellte in immer schwindelerregendere Höhe, und alle Fachleute warnten, die Kosten einer Wiedervereinigung seien nicht zu schultern. Die Bürger im Westen fürchteten schlagartig neue schwere Lasten. Spontan kamen in westdeutschen Städten wöchentliche Demonstrationen auf unter dem Slogan "Wir sind das Volk". Damit wollten die Westdeutschen ihre Politiker ermahnen, sich in dieser schweren Wirtschaftkrise um die Menschen im Westen und nicht um die Ostdeutschen zukümmern.

Ebenso lehnte Gregor Riesi, der Staatschef der Deutschen Demokratischen Republik, der es irgendwie geschafft hatte, seine ganz persönliche Verantwortung für den Mauerfall unter den Teppich zu kehren, den Plan rundweg ab. Auch der sowjetischen Staatschef Knutin sagte nur: "Njet!"

Angela Rautel reiste nach Moskau und Ost-Berlin und verhandelte ohne Erfolg.

Da begab es sich aber zu dieser Zeit, dass Angela Rautel zu einem EU-Krisen-Gipfel nach Brüssel fuhr und dort klagte, dass eine historische Chance für eine gedeihliche

Zukunft Deutschlands und Europas verspielt werde. Und der italienische Ministerpräsident Silvio Belladonni nahm sich die Worte zu Herzen und erwiderte: "Angela! Lasse mich dir helfe! Lasse mich mache!"

Und Belladonni handelte tatsächlich. Er lud Knutin zu einer Bunga-Bunga-Party in seine Villa nach Sardinien ein. Was dort geschah, blieb ein Geheimnis für die Öffentlichkeit. Aber im Anschluss meldete sich Belladonni bei Rautel und verkündete: "Du jetzt noch mal fahre zu Wladdy! Jetzt alles seie in die grüne Bereich für eure Wiedereine! Wladdy isse Ehrenmann!"

Rautel wusste nicht so recht, was sie von dieser Eröffnung halten sollte, also fragte sie mit ungläubiger Stimme: "Hast du Knutin etwa zum Einlenken gebracht? Was hast du denn mit ihm angestellt?"

Belladonni hüllte sich in Schweigen und raunte nur: "Ich halte Mund. Ich nicht verrate. Auch ich seie Ehrenmann."

Rautel hielt Belladonnis Verkündung zwar für Humbug, nicht zuletzt, da sie Belladonni auch sonst nicht ganz ernst nehmen konnte. Aber sie leistete seiner Aufforderung Folge und fuhr nochmals nach Moskau. Und wider Erwarten erklärte Knutin unwillig: "Ich habe noch einmal nachgedacht. Eine deutsche Wiedervereinigung ist doch okay!"

Nachdem er sich von der Bunga-Bunga-Party mit Silvio Belladonni halbwegs wieder erholt hatte, hatte Knutin sich allerdings gesagt, dass er auch als Ehrenmann immer noch ein Preisschild an die Wiedervereinigung machen konnte und fügte gegenüber Rautel hinzu: "Zuvor muss der Westen allerdings fünftausend Tonnen Gold hier im Kreml abliefern."

Damit waren aber noch längst nicht alle Hindernisse für eine deutsche Wiedervereinigung überwunden.

Erstens reichten die westdeutschen Goldreserven für den Deal mit Knutin nicht aus, zweitens wollte Riesi nicht mitspielen, und drittens fehlte es bei der Bevölkerung in Westdeutschland an der notwendigen Begeisterung für eine Wiedervereinigung.

Riesis Unwille erwies sich als am leichtesten überwindbar. Denn nach gutem Zureden erklärte er sich bereit, einer Wiedervereinigung zuzustimmen, wenn ihm völlige Straffreiheit und ein gut ausgestattetes Nummernkonto in der Schweiz garantiert würden. Rautel leitete daraufhin Entsprechendes in die Wege.

Hinsichtlich der Goldlieferung an Knutin wandte sich Rautel an Nolama. Und dieser erklärte sich bereit, einen Teil der Bestände aus Fort Knox zur Verfügung zu stellen. Als Sicherheit musste Deutschland in einem Geheimvertrag die gesamte deutsche Autoindustrie an die Vereinigten Staaten verpfänden. Erheblichen Medienwirbel gab es dann allerdings in den Vereinigten Staaten, als Nolama scherzhaft in einer Pressekonferenz die Bereitstellung amerikanischer Goldreserven mit einem denkwürdigen Satz kommentierte: "Hauptsache ist doch, auch die Ostdeutschen bekommen endlich eine anständige Krankenversicherung!"

Und letztlich erwies sich auch der Widerstand der Bürger in Westdeutschland als überwindbar. Dabei war es wieder Belladonni, der den Weg ebnete. Denn als Rautel auf einem weiteren EU-Krisen-Gipfel ihr Leid über das mangelnde Interesse ihrer Bürger an einer Wiedervereinigung klagte, verkündete Belladonni erneut: "Angela! Lasse mich dir helfe! Lasse mich mache!"

Belladonni erweiterte sein Medienimperium kurzerhand um die Blitz-Zeitung, und ließ mit deren Hilfe die Zustimmung der Westdeutschen zu Rautels Politik steigen.

Und so kam es schließlich nach Abschluss entsprechender Verträge am 3. Oktober 2010 zur deutschen Wiedervereinigung. Und Angela Rautel war fortan die Kanzlerin der Einheit.

So stand es zumindest in Boris Ballers Roman *Die Kanzlerin der Einheit*, der pünktlich im Herbst 2010 zwanzig Jahre nach dem tatsächlichen Datum der deutschen Einheit auf dem Markt erschienen war.

Star-Regisseur Steven Vielwerk rutschte auf seinem Sessel am Pool hin und her und dachte nach: "Also gut, das Gerüst der Handlung ist so weit klar. Mit den weiteren Facetten des Geschehens beschäftigen wir uns vorerst nicht. Kommen wir also zur Entscheidung."

Und dann wandte er im Sommer des Jahres 2011 in Hollywood seinen Kopf in Richtung seiner Villa und rief: "Ja oder nein, mein Schatz?"

Prompt war aus dem Haus Cynthias Erwiderung zu hören: "Ja, aber klar doch!"

Und damit war es entschieden. Steven würde *Die Kanzlerin der Einheit* von Boris Baller verfilmen. Und er schmunzelte erneut über de Bereitschaft seiner Frau, schnell und unmissverständlich zu urteilen.

7. Kapitel
August 2011 in Hollywood

Eine Romanze?

Eine Woche später unternahmen Star-Regisseur Steven Vielwerk und seine Frau Cynthia einen Abstecher zur berühmten Schauspielerin Julia Topherz und deren Mann Bud. Julias Haus in Hollywood lag nur wenige Straßen von Stevens Anwesen entfernt. Das Treffen war also mit keinem großen Aufwand verbunden. Abgesehen davon war Steven so einflussreich, dass er sich in der Regel problemlos bei jeder Schauspielerin oder jedem Schauspieler einladen konnte, ohne eine Abfuhr zu riskieren.

Freundlich und entspannt kam man zusammen. Julia sagte einfach nur: "Hi Stevie! Hi Cyn!" Und dann verteilte sie einen Begrüßungscocktail: "Mit Papaya."

Steven und Cynthia konnten es sich daraufhin nicht verkneifen, die Geschichte von ihrem letzten Zusammentreffen mit Arnold Hantelegger zu erzählen.

Fröhlich kommentierte Julia: "Der ist doch wirklich ein Schelm, dieser Arnie."

Cynthia fand, dass Julia mit ihrer Reaktion dem Ernst des nachbarschaftlichen Kleinkriegs mit Arnold nicht ganz gerecht wurde, und schob nach: "Wenn das so weiter geht, dann werfe ich dem Arnie irgendwann noch ein paar Darts in den Hintern."

Julia erwiderte etwas vorsichtiger: "Okay." Und innerlich dachte sie mit einem Anflug von Respekt: "Biss hat sie ja, die Cynthia."

Nach einem kleinen Rundgang durch den Garten servierte Julias Mann Bud auf der Terrasse einen Imbiss. Man setzte sich um einen Tisch und Julia beschloss, den Dingen auf den Grund zu gehen. Sie fixierte Steven mit ihrem Blick, klimperte zweimal mit den Augen und fragte säuselnd: "Womit kann ich denn dienen?"

Steven erwiderte trocken: "Ach! Wir haben da ein paar Probleme mit unserem Gärtner und dachten, ihr könntet uns vielleicht einen besseren empfehlen."

Julia ließ Stevens offenbar nicht ganz ernst gemeinte Bemerkung einen Moment lang sacken, dann klimperte sie noch zweimal mit den Augen und erwiderte fröhlich: "Ach, darum geht es! Das hätte ich mir ja eigentlich auch denken können, so struppig wie euer Grundstück in der letzten Zeit aussieht." Sie sah zu ihrem Mann Bud und flötete: "Was meinst du, Buddy? Können wir den Vielwerks unseren Gärtner empfehlen?"

Ihr Mann Bud antwortete ganz entspannt: "Das wird schwierig. Unser Gärtner ist zwar wirklich gut, aber er sagte kürzlich noch zu mir, sein nächster freier Termin sei erst in drei Jahren."

Julia fixierte Steven erneut mit ihrem Blick und klimperte noch zweimal mit den Augen: "Wie schade! Ich glaube, bei euren Gartenproblemen können wir euch nicht helfen. Ist denn sonst noch etwas?"

Steven beschloss, dass zum Aufwärmen genug gescherzt worden war und es an der Zeit war, auf den Punkt zu kommen: "Eine Kleinigkeit gäbe es schon noch."

Julia entgegnete nur: "Ach was."

Daraufhin fragte Steven: "Wie sehen denn deine Planungen für das nächste Jahr aus?"

Julia hatte Gefallen am vorausgegangenen Geplänkel gefunden und entgegnete mit unschuldiger Miene: "Du meinst gartentechnisch?"

Steven sah Julia tief in Augen und erwiderte: "Nein, ich meine filmtechnisch."

Julia wiederholte: "Ach was."

Steven musste lachen. Aber dann schob er etwas ernster nach: "Mir schwebt da nämlich eine Rolle für dich vor."

Julia lenkte ein Stück weit ein und erkundigte sich: "Als Hai? Oder als Dinosaurier?"

Steven entschloss sich, den Schleier zu lüften: "Nein, ich würde dich gerne als deutsche Kanzlerin sehen."

Julia hatte mit vielem gerechnet, aber dieser Vorschlag lag ganz klar außerhalb ihrer Erwartungen. Überrascht entfuhr ihr abermals: "Ach was."

Dann schob sie nach: "Ist das eine neue Variante eurer Probleme mit der Gartenarbeit? Oder hast du zuviel Geld in griechische Staatsanleihen investiert, und ich soll jetzt die Sache retten?"

Steven schüttelte lächelnd den Kopf: "Nein, ich würde dich tatsächlich gerne in einem meiner nächsten Filme als Angela Rautel sehen. Hast du vielleicht schon von dem Buch *Die Kanzlerin der Einheit* von Boris Baller gehört?

Julia verneinte: "Aber von Boris Baller habe ich, glaube ich, schon gehört. Ist das nicht so ein Golfer? Und der schreibt jetzt Bücher?"

Steven erwiderte: "Nein, er ist kein Golfer, sondern ein Tennis-Spieler. Er hat sogar dreimal in Wimbledon gewonnen. Und er hat in der Tat ein Buch geschrieben, einen Bestseller sogar. Und in diesem Buch hat er die Geschichte der deutschen Wiedervereinigung neu geschrieben, in die Jahre 2009, 2010 verlegt und Angela Rautel zur Kanzlerin der

Einheit gemacht."

Julia schwieg einen Moment. Dann vergewisserte sie sich: "Und ich soll folglich die Kanzlerin der Einheit spielen?"

Steven nickte. Und Julia fragte: "Wer wird denn sonst noch mitspielen?"

Steven antwortete: "Das weiß ich noch nicht." Und innerlich sagte er sich: "Meinen Plan für die Rolle des Silvio Belladonni kann ich ja jetzt wohl noch nicht auftischen. Wer weiß, ob es klappt. Und bisher weiß nicht einmal Cynthia davon."

Julia fragte weiter: "Ist das etwa eine Romanze? Und ich muss mit einem Politiker ins Bett?"

Steven entgegnete: "Nein, es ist eher eine Komödie, und du musst nicht mit einem Politiker ins Bett."

Julia schwieg.

Cynthia fand daraufhin, dass es höchste Zeit war, das Eisen zu schmieden, solange es heiß war, und fragte Julia: "Und, bist du dabei?"

Julia zögerte kurz. Dann zuckte sie mit den Achseln und sagte: "Sicher."

Und wieder einmal staunte Steven über das zielsichere Vorgehen seiner Frau.

Also verkündete er fröhlich: "Dann können wir ja jetzt den Imbiss genießen und den Rest unseren Agenten und Anwälten überlassen."

Julia nickte ein wenig geistesabwesend und begann, auf ihrem Teller herumzustochern. Bud verteilte noch einen Cocktail, und für die nächsten zwei Stunden ging es dann hauptsächlich um den neuesten Klatsch aus Hollywood.

Nur einmal durchbrach Julia das Gespräch und fragte Steven leicht besorgt: "Du meinst wirklich, das passt zu mir?

Ich als Angela Rautel? Ist Politik nicht ein anderes Genre als das, in dem ich mich sonst bewege?"

Steven beschwichtigte: "Mach dir mal keine Sorgen. Das passt schon."

Julia hakte nach: "Sollte mir dein Vorschlag vielleicht irgendwie zu denken geben? Bin ich inzwischen etwa älter, als ich glaube? Und in zwei Jahren spiele ich dann die Queen?"

Steven verneinte dies mit bestmöglicher Leichtigkeit.

8. Kapitel
August 2011 in Hollywood

Der Leuchter

Einige Tage später kam Steven am späten Nachmittag von Dreharbeiten zurück nach Hause. Da erblickte er zu seiner Verwunderung vor seiner Villa zwei Polizeiwagen und einen Krankenwagen. Schlagartig war er höchst beunruhigt.

Er ließ seinen Wagen mitten in der Auffahrt stehen und hastete durch die offenstehende Eingangtür ins Haus. Im Wohnzimmer fand er ein knappes Dutzend Menschen.

Instinktiv irrten seine Blicke umher, bis er Cynthia entdeckte. Sie saß auf einem Sofa, hatte einen großen dicken Druckverband auf der Stirn und machte einen ziemlich geschockten Eindruck.

Steven lief zu ihr hin und rief: "Wie geht es dir, meine Liebe? Was ist denn bloß passiert?"

Cynthia erwiderte aber nur tonlos: "Ich bringe ihn um!" Und nach einer kurzen Pause nochmals: "Ich bringe ihn um!"

Steven erkundete mit einem kurzen Rundblick die Lage im Wohnzimmer.

Die Wände standen noch, aber überall auf dem Boden befanden sich Glassplitter. Steven realisierte, dass der große Kronleuchter, der sonst in der Mitte des Raumes hing, offenbar zertrümmert am Boden lag. Bei seinem Absturz war anscheinend auch der Glastisch zerborsten, der sonst unter dem Leuchter stand. Darüber hinaus waren an der Decke einige farbige Markierungen zu erkennen, wie sie die Polizei zur Kennzeichnung von Tatorten verwendet.

Cynthia starrte verstört ins Nichts.

Einer der anwesenden Polizisten wandte sich an Steven und erklärte: "Beim Absturz des Kronleuchters ist Ihre Frau von einem Splitter an der Stirn getroffen worden. Es ist aber nur eine kleine Verletzung. Bis auf den Schock geht es Ihrer Frau gut."

Dann fügte er hinzu: "Der Leuchter ist allerdings nicht von allein von der Decke gefallen. Neben seiner Aufhängung befindet sich ein Einschussloch. Die Kugel, die sich darin befand, haben wir bereits sichergestellt. Ihre Frau meinte, sie habe einen Schuss gehört, bevor der Kronleuchter hinunterfiel, und sie verdächtigt Ihren Nachbarn Arnold Hantelegger, den Schuss abgefeuert zu haben."

Steven schaute zwischen dem Polizisten und seiner Frau hin und her, und Cynthia bekräftigte: "Ich bringe ihn um!"

Der Polizist ergänzte: "Ihre Frau hat die Notrufzentrale alarmiert. Und nachdem wir die Lage hier gesichert hatten, sind wir bei Ihrem Nachbarn vorstellig geworden. Herr Hantelegger hat bestätigt, dass er zur fraglichen Zeit im Garten mit einer Waffe hantiert hat. Er sagte, die Waffe sei ihm beim Krafttraining aus der Hand gefallen und es habe ziemlich laut gekracht, geschossen habe er aber nicht.

Wir haben die Waffe sichergestellt. Es wird sich leicht feststellen lassen, ob das Geschoss in Ihrer Wohnzimmerdecke aus dem Gewehr von Herrn Hantelegger stammt.

Wir vermuten, es war ein Unfall. Herr Hantelegger hat unachtsam mit seiner Waffe hantiert. Ein Schuss hat sich gelöst. Die Kugel ist durch das geöffnete Fenster dort gelangt und in Ihre Wohnzimmerdecke eingeschlagen. Der Leuchter ist von der Decke gefallen, und ein Glassplitter hat Ihre Frau an der Stirn getroffen."

Steven setzte sich neben Cynthia und hielt ihre Hand und betrachtete dabei den Trümmerhaufen in der Mitte des Raumes und die umherstehenden Wachleute. Er dachte: "Für Dreharbeiten hätte ich das auch nicht besser arrangieren können." Aber zugleich fand er diese Sichtweise ziemlich unpassend.

Dann sagte er zu Cynthia: "Okay. Wir bringen ihn um!"

Der Polizist warf ein: "Sie sollten lieber hoffen, dass vorerst niemand Herrn Hantelegger umbringt, denn sonst sind Sie nun die ersten Verdächtigen."

Steven überlegte kurz: "Okay! Dann verklagen wir ihn eben auf Schadenersatz und Schmerzensgeld."

Der Polizist nickte zustimmend: "Das ist in Ordnung, denke ich."

Cynthia warf Steven einen enttäuschten Blick zu, dann sagte sie grimmig: "Eine Million! Mindestens!"

Steven bestätigte mit entschlossener Miene: "Okay, Schatz! Das machen wir!"

Cynthia fasste sich ein wenig und sah sich im Raum um: "Was für ein Einschlag! Nicht einmal in seinem Wohnzimmer ist man sicher."

Dann fragte sie den Polizisten: "Habt ihr den Irren wenigstens verhaftet?"

Der Polizist erwiderte: "Nein, und damit ist auch nicht zu rechnen, wenn es ein Versehen war. Etwas anderes wäre es natürlich, wenn Herr Hantelegger ein Motiv haben sollte, Sie zu ermorden." Und er sah fragend zwischen Cynthia und Steven hin und her, bekam aber nur ratlose Blicke zur Antwort.

Der restliche Tag verging im Hause Vielwerk mit einer genauen Protokollierung des entstandenen Schadens und ersten Aufräumarbeiten.

Abends folgte dann die Bestätigung, dass die Kugel aus Arnold Hanteleggers Waffe stammte.

Am nächsten Morgen konsultierte Steven seinen Anwalt.

Dann rief er bei Arnold an: "Hi Arnie! Hier ist Steven."

Arnold antwortete: "Oh, Steven! Wie schön, dass du dich meldest. Bitte glaube mir! Ich bin untröstlich. Wie konnte das nur passieren? Es war ein Unfall! Wie geht es Cynthia?"

Steven erwiderte trocken: "Cynthia geht es so weit wieder ganz gut. Aber ich kann dir sagen: Cynthia ist geladen! Warum musst du auch ständig mit Waffen herumhantieren? Also Arnie, so leid es mir tut, wir werden dich verklagen, und zwar auf eine Million Dollar Schadenersatz und Schmerzensgeld."

Arnold war nicht allzu erstaunt: "So etwas habe ich mir fast schon gedacht. Und du meinst nicht, ich könnte Cynthia mit einem weiteren Papaya-Shake gnädig stimmen?"

Steven erwiderte: "Da wirst du bei Cynthia auf Granit beißen. Und damit sind auch mir die Hände gebunden. Wenn ich mich mit dir auf irgendeinen krummen Deal einlassen würde, dann reicht Cynthia die Scheidung ein. Abgesehen davon ist es nur fair, wenn nicht nur Cynthia bluten muss, sondern auch du Federn lassen musst."

Arnold erklärte: "Dann sollte ich wohl mit meinem Anwalt sprechen."

Steven erwiderte: "Ja, das solltest du tun. Und lass dich so bald nicht in Cynthias Nähe blicken. Sonst garantiere ich für nichts."

9. Kapitel
August 2011 in Hollywood

Ein Cowboy

Am nächsten Tag suchte Arnold Hantelegger seinen Anwalt auf und schilderte ihm die Lage.

Der Anwalt erwiderte: "Nun, eines ist schon mal klar: Das alles ist gewiss nicht deine Schuld. Denn erstens bin ich dein Anwalt. Zweitens war es nicht deine Absicht, das Vielwerksche Anwesen unter Feuer zu nehmen. Und drittens hast nicht du geschossen, sondern die Waffe war es.

Sie ist also verantwortlich. Da sie allerdings unmündig und somit nicht straffähig ist, gilt das Gleiche wie bei Kindern: Die Eltern haften.

Folglich muss der Hersteller der Waffe haften.

Wenn die Vielwerks dich nun auf Schadenersatz und Schmerzensgeld verklagen, verdoppeln wir einfach die Summe und verklagen den Waffenhersteller.

Und warum verdoppeln den Betrag? Erstens müssen wir meine Kosten als Anwalt berücksichtigen. Zweitens sollte man vorsorglich Verhandlungsspielraum für einen Vergleich

einplanen. Und drittens ist es ja in der Tat eine trauma-
tisierende Erfahrung für dich, dass deine Waffe entgegen all
deinen Absichten von deinem Grundstück auf das Grundstück
deiner hochgeschätzten Nachbarn gefeuert hat. Da ist
Schadenersatz und Schmerzensgeld für dich auf jeden Fall
berechtigt. Man muss ja den Verlust an Wertschätzung
berücksichtigen, den dir die Waffe zugefügt hat. Und dass ein
solcher Verlust vorliegt, ist allein schon dadurch bewiesen,
dass die Vielwerks dich verklagen wollen.

Also: Mach dir keine Sorgen, Arnie! Das regeln wir schon
in unserem Sinne."

Arnold ließ sich normalerweise nicht so leicht aus dem
Konzept bringen, aber die Ausführungen seines Anwalts
machten ihn doch für einen Moment sprachlos.

Dann meinte er: "Kann ich denn einfach so einen Waffenproduzenten verklagen?"

Der Anwalt entgegnete: "Wieso nicht? Jeder kann einen
Waffenproduzenten verklagen."

Arnold entgegnete: "Aber ich bin doch Republikaner."

Der Anwalt antwortete: "Republikaner zu sein, muss kein
Nachteil, sondern kann durchaus ein Vorteil sein, wenn man
die Waffenindustrie verklagen will. Denn erstens ist die
Waffenindustrie gegenüber Republikanern nicht so verbissen
wie gegenüber Demokraten. Zweitens will sie sich sicher
nicht vorschnell mit einem so prominenten Republikaner wie
dir anlegen. Und drittens muss jeder verstehen, dass ein
Cowboy es nicht einfach hinnehmen kann, wenn ihn seine
eigene Waffe blamiert."

Arnold hakte nach: "Aber ramponiert das nicht mein
Image als gesellschaftliches Vorbild und meine Chancen,

vielleicht doch noch US-Präsident zu werden? Müsste ich nicht, statt zu klagen, eher versuchen, mit Cynthia einen Vergleich zu schließen."

Der Anwalt rutschte ungeduldig auf seinem Sessel hin und her: "Erstens: Das lohnt sich nicht für mich und mein Image als Star-Anwalt. Zweitens: Das lohnt sich auch nicht für dich und dein Image als Action-Star. Und drittens: Ich bezweifele, dass Cynthia zu einem Vergleich bereit ist. Denn erstens kenne ich Cynthia. Zweitens ist Cynthia sauer. Und drittens kenne ich den Anwalt von Cynthia.

Um es also völlig unmissverständlich zu formulieren: Dir bleibt gar nichts anderes übrig, als den Hersteller deiner Waffe zu verklagen."

Arnold beschloss, sich der anwaltlichen Logik zu beugen. Nur noch kurz überkam ihn eine letztes Fünkchen Hoffnung auf einen gütlichen Ausgang: "Vielleicht lässt Cynthia ja einfach Gnade vor Recht walten. Schließlich sind Cynthia und ich doch gute Freunde."

Der Anwalt rollte nur einmal mit den Augen.

Am nächsten Tag besorgte sich Arnold Hantelegger einen phänomenalen Blumenstrauß und ging hinüber zu den Viel-werks, nachdem er zuvor vor dem Spiegel seinen bestmöglichen Dackelblick geübt hatte.

Cynthia erschien an der Tür. Sie musterte den flehentlich blickenden Arnold und seine Blumen aber nur einmal wortlos von oben bis unten. Dann drehte sie sich um und ließ die Tür geräuschvoll vor Arnolds Nase zufallen. Arnold sah keine andere Option, als sich zurückzuziehen.

Cynthia Vielwerk bestand auf Vergeltung und reichte an einem der folgenden Tagen die angekündigte Klage auf eine

Million Dollar Schadenersatz und Schmerzensgeld ein. Und Arnold folgte dem Rat seines Anwalts und verklagte den Hersteller der Waffe, aus welcher der Schuss abgegangen war, auf zwei Millionen Dollar Schadenersatz und Schmerzensgeld.

Es dauerte nicht lange, und auch Cynthia und Steven waren im Bilde über die Strategie, die Arnold zu seiner Verteidigung eingeschlagen hatte.

Cynthia meinte daraufhin entnervt zu Steven: "Ich werde noch ganz fuchsig bei dem Gedanken, dass Arnie wohlmöglich auch noch daran verdient, dass er mich beinahe auf dem Gewissen hätte."

Steven reagierte mit Absicht ein wenig zerstreut. Er wollte nicht noch mehr Öl ins Feuer gießen. Und er hatte einen Plan, wie Arnold eher symbolisch zur Verantwortung gezogen werden konnte. Aber es schien ihm noch viel zu früh, Cynthia diese Idee zu unterbreiten, wenn er keine spontane Abfuhr riskieren wollte.

10. Kapitel
September 2011 in Berlin

Der Star

Ein wenig später flog Star-Regisseur Steven Vielwerk für einige Tage nach Berlin. Er wollte auf einer Pressekonferenz im Hotel Adler zusammen mit Boris Baller die Verfilmung von dessen Bestseller *Die Kanzlerin der Einheit* bekannt geben.

Eine Viertelstunde vor Beginn des Termins traf Steven

mit Boris zusammen. Nach einigen Worten der Begrüßung fragte Steven: "Und? Bereit für unseren Auftritt vor den Kameras?"

Boris erwiderte trocken: "Stets zu allem bereit."

Also betraten die beiden den mit Journalisten gefüllten Saal und setzten sich aufs Podium.

Die Pressekonferenz begann. Zunächst verkündete Steven seine Absicht, Boris Ballers Roman zu verfilmen. Und im Anschluss bekundete Boris, wie sehr er sich über das Projekt freue.

Dann durften die Journalisten Fragen stellen. Die erste Frage ging an Boris: "Haben Sie damit gerechnet, dass Ihr Buch ein Bestseller wird und von Hollywoods Star-Regisseur verfilmt wird?"

Boris antwortete lässig: "Im Grunde war mir von Anfang an klar, dass sich die Menschen brennend dafür interessieren, was ich über Angela Rautel zu sagen habe. Trotzdem freue ich mich natürlich sehr über den großen Erfolg meines Buches."

Ein Journalist fragte: "Hat die Bundeskanzlerin Ihr Werk denn schon gelesen? Und hat sie Sie bereits ins Kanzleramt eingeladen?"

Boris erwiderte: "Von Angela Rautel habe ich noch keinen Mucks gehört, und im Kanzleramt war ich auch noch nicht. Aber das kann ja noch kommen."

Auch die nächste Frage ging an Boris: "Stimmt es, dass Sie schon wieder Nachwuchs erwarten?"

Boris verzog keine Miene: "Äh. Nicht, dass ich wüsste."

Ein Raunen ging durch den Saal, und ein Journalist hakte nach: "Möglich wäre es also schon?"

Steven nahm mit leichtem Erstaunen zur Kenntnis, dass

sich die Journalisten sehr viel mehr für Boris Baller als für ihn zu interessieren schienen. Erst nach einer Weile kam die erste Frage für Steven: "Wer wird denn in dem Film die Rolle der Angela Rautel übernehmen?"

Steven verkündete: "Ich freue mich sehr, Ihnen mitteilen zu können, dass ich keine Geringere als Julia Topherz für die Rolle der Kanzlerin gewinnen konnte."

Ein Journalist erkundigte sich: "Und was sagt Angela Rautel zu dieser Besetzung?"

Steven erwiderte: "Das weiß ich nicht. Aber ich denke, es wird sie freuen, dass sie von einer so hervorragenden Schauspielerin verkörpert werden soll."

Ein weiterer Reporter wollte wissen: "Bekommt Julia Topherz dann auch dieselbe Frisur wie Angela Rautel?"

Steven gab eine vage Bestätigung. Und weitere Fragen folgten: "Wer wird neben Julia Topherz noch mitspielen? Wird auch in Berlin gedreht? Kommt Julia Topherz nach Berlin?"

Steven stellte klar, dass die anderen Rollen noch nicht besetzt seien. Und er bestätigte, dass der überwiegende Teil der Dreharbeiten in Berlin stattfinden solle.

Danach gingen die weiteren Fragen wieder hauptsächlich an Boris: "Kennen Sie Julia Topherz?"

Boris erwiderte: "Aber sicher. Allerdings nicht persönlich."

Daraufhin kam aus dem Saal: "Werden Sie Julia Topherz treffen, wenn sie nach Berlin kommt?"

Boris antwortete: "Das will ich doch hoffen."

Ein Reporter hakte nach: "Wird Ihre Frau dagegen nicht Einspruch erheben?"

Boris erklärte seelenruhig: "Äh. Warum sollte sie?"

So ging es weiter, bis es im Anschluss an die Pressekonferenz im Foyer des Hotel Adler noch einen großen Fototermin gab, zu dem sich auch der Berliner Bürgermeister hinzugesellte. Steven fiel dabei erneut auf, dass die meisten Kameras auf Boris gerichtet waren.

Der Fototermin wurde fortgesetzt bei einem Spaziergang, bei dem der Berliner Bürgermeister Steven und Boris vom Hotel Adler durch das Brandenburger Tor entlang des Reichstags bis zum Kanzleramt führte.

Die Passanten staunten nicht schlecht, und die Journalisten warfen Steven, Boris und dem Bürgermeister weitere Fragen zu.

Zwischendurch erkundigte sich der Bürgermeister bei Steven: "Wie ich höre, wollen Sie zum Teil in Berlin drehen. Gibt es denn schon einen Plan, an welchen Plätzen die Aufnahmen hier gemacht werden sollen?"

Steven erwiderte: "Ich bin offen für gute Vorschläge. Zum einen brauchen wir repräsentative Kulissen für ostdeutsche und westdeutsche Regierungsgebäude, aber wir benötigen auch einige Freiflächen, möglichst mit ein paar Mauern, wo wir mit Sprengstoff hantieren können. Haben Sie vielleicht geeignete Orte im Angebot?"

Der Bürgermeister überlegte kurz, dann durchzuckte ihn eine Idee, und er sagte: "Wissen Sie, wir haben da so ein Großprojekt vor den Toren Berlins. Den neuen Hauptstadtflughafen. Vielleicht haben Sie schon davon gehört. Leider läuft da einiges schief. Aber auf jeden Fall gibt es dort repräsentative Gebäude und auch allerlei Freiflächen. Und wenn ich die zuständigen Planer richtig verstehe, muss man wohl auch manches wieder in die Luft jagen."

Steven reagierte erfreut: "Oh, das klingt doch vielversprechend. Kann ich mir das Gelände in den nächsten zwei, drei Tagen einmal näher ansehen?"

Der Bürgermeister antwortete: "Aber sicher. Ich werde veranlassen, dass man Ihnen das Areal zeigt. Vielleicht begleite ich Sie sogar dorthin. Die Stadt Berlin ist einer der Bauherren. Und somit könnte es ja angebracht sein, wenn ich mich mal wieder selber dort blicken lasse. Ich war schon eine ganze Weile nicht mehr da".

Der Spaziergang endete vor dem Kanzleramt, und Boris verkündete: "Irgendwann wird auch Angela Rautel erkennen, dass es durchaus Vorteile hat, dass ich sie zur Kanzlerin der Einheit gemacht habe."

Dann wurde der Berliner Bürgermeister mit einem Fahrzeug abgeholt. Und auch Steven und Boris stiegen in einen Wagen, der sie zurück zum Hotel Adler brachte.

Steven dachte einen Moment nach über das Medieninteresse an Boris Baller und dessen routinierten und entspannten Auftritt vor den Kameras. Dann gab er sich einen Rippenstoß und fragte: "Könntest du dir eventuell vorstellen, selber eine Rolle in dem Film zu übernehmen, also als Schauspieler mitzuwirken?"

Ohne mit der Wimper zu zucken, erwiderte Boris: "Warum nicht? Kommt denn irgendeine Rolle für mich in Frage? Wie wäre es mit dem Grenzsoldaten, der Gregor Riesi den toten Hasen vor die Nase hält?"

Steven erwiderte: "Nun ja, vielleicht. Mir schwebt allerdings eine wichtigere Rolle für dich vor. Wie wäre es mit Wladimir Knutin?"

Boris staunte: "Echt?"

Steven bestätigte sein Ansinnen.

Boris gefiel die Idee: "Wenn das möglich wäre, würde mir das sicher Spaß machen."

Und in Vergegenwärtigung der Handlung seines Romans fügte er hinzu: "Das heißt, ich dürfte mit Silvio Belladonni pokern?"

Steven nickte.

Boris erklärte: "Cool! Und du meinst wirklich, ich könnte den Staatschef der Sowjetunion darstellen?"

Steven erwiderte: "Ich bin zuversichtlich. Wenn es bei den ersten Einstellungen nicht direkt klappt, werden wir ein bisschen üben und ein paar Mal wiederholen."

Boris sagte: "Pokern kann ich jedenfalls."

Steven fügte hinzu: "Und unerschrocken in die Kamera gucken auch."

Boris musste an die Szene am Schluss seines Romans denken und fragte mit neugierig aufblitzenden Augen: "Das heißt, am Ende des Films darf ich . . ."

Steven wusste, worauf Boris hinauswollte. Er schmunzelte über dessen Vorfreude und nickte: "Na klar! Zum Schluss darfst du genau das tun, was Knutin in deinem Buch auch tut."

Boris vergewisserte sich staunend: "Tatsächlich?"

Steven bestätigte: "Aber sicher!"

Er freute sich, dass Boris Baller so begeistert auf seinen Vorschlag reagierte. Also schob er einen weiteren Gedanken nach und fragte: "Könntest du dir vielleicht sogar vorstellen, bereits zum Jahreswechsel für ein paar Tage nach Hollywood zu fliegen? Dann könntest du auf meiner Neujahrsparty schon vor Drehbeginn einige der anderen Darsteller kennenlernen."

11. Kapitel
September 2011 in Berlin

Der Linke

Am nächsten Tag machte sich Steven Vielwerk auf zu einem Besuch bei Gregor Riesi, der sich anders als Angela Rautel zu einem Treffen bereit erklärt hatte.

Die Begrüßung durch Riesi war herzlich, und Steven bekundete: "Das ist schön, dass Sie sich Zeit für mich nehmen."

Riesi lächelte: "Aber selbstverständlich. Die Freude ist ganz auf meiner Seite. Wann trifft man schon mal einen so berühmten Regisseur?"

Steven spielte die Aussage herunter: "Das heißt aber noch lange nicht, dass mich jeder treffen mag. Die Kanzlerin mag jedenfalls nicht."

Riesi versuchte zu erklären: "Nun ja, das müssen Sie verstehen. Angela Rautel ist eben ein bisschen irritiert, dass der Roman die deutsche Geschichte auf den Kopf stellt. Für die Politiker hierzulande birgt es gewisse Risiken, mit der deutschen Geschichte zu spielen. Dabei könnte Angela Rautel sich eigentlich freuen, dass der Roman sie zur Kanzlerin der Einheit befördert. Aber sie will nun mal keinen Zoff, weder mit Knutin noch mit Nolama und auch nicht mit Belladonni. Und hier in Deutschland will sie ebenfalls keinem auf die Füße treten, wohl erst recht nicht dem, den man hier landläufig den Kanzler der Einheit nennt. Wie der das Werk aufgenommen hat, ist jedenfalls nicht bekannt."

Daraufhin fragte Steven: "Aber Sie haben keine Bedenken

bezüglich des Romans, obwohl Ihre Rolle in dem Buch als zwanghafter Minenzünder und Hasenkiller doch nicht gerade schmeichelhaft ist?"

Geschmeidig antwortete Riesi: "Ach, wissen Sie, ich besitze die nötige geistige Freiheit für eine friedliche Koexistenz von Fakten und Fiktion. Ich habe mich köstlich über das Buch amüsiert. Und auch wenn ich in dem Buch als Knallcharge daherkomme, werde ich doch immerhin zum Staatschef der Deutschen Demokratischen Republik und in andere hohe Staatsämter befördert. Irgendwie ist das doch auch cool. Abgesehen davon trägt der Roman dazu bei, dass ich im Gespräch bleibe, und das nützt mir vermutlich mehr, als dass es mir schadet."

Riesi nahm ein Schälchen aus Meißner Porzellan mit einigen Keksen zur Hand und hielt es Steven entgegen: "Greifen Sie zu! Diese Zimtmakronen hat meine Frau gebacken. Bessere Kekse finden Sie nirgendwo sonst in Berlin, jedenfalls bestimmt nicht im Kanzleramt."

Steven nahm einen Keks und ließ ihn in seinem Mund zergehen. Er machte eine anerkennende Miene: "Oh, die sind aber in der Tat vom Feinsten! Bitte richten Sie Ihrer Frau meine Komplimente aus."

Riesi erwiderte: "Das werde ich gerne tun. Backt Ihre Frau denn auch?"

Also erzählte Steven: "Ja, doch. Sie hat zwar nicht allzu oft Lust dazu. Aber manchmal macht sie Mohnkekse mit Schokoglasur. Die sind einfach unwiderstehlich. Wenn ich es recht bedenke, dann könnte das Rezept Ihrer Frau also vielleicht ein schönes Mitbringsel aus Berlin für Cynthia sein. Ich glaube, sie würde sich freuen."

Riesi gefiel die Idee: "Ich werde es Ihnen noch heute

Abend ins Hotel faxen." Und mit diesen Worten hielt Riesi Steven wieder das Schälchen unter die Nase, und Steven griff erneut zu.

Riesi erkundigte sich: "Ich habe in einer Illustrierten gelesen, dass Herr Hantelegger Ihre Frau beinahe erschossen hätte."

Steven war ein wenig verwundert, dass sich die Turbulenzen seiner nachbarschaftlichen Beziehungen bis nach Deutschland zu Gregor Riesi herumgesprochen hatten, und er hakte nach, woher Riesi das denn wisse.

Riesi erläuterte: "Ach, zum einen blättere ich hin und wieder ganz gerne durch ein paar Illustrierte. Man kann sich schließlich nicht den ganzen Tag mit politischen Fragen beschäftigen. Da wird man ja gaga. Ein bisschen Unterhaltung muss schon auch sein. Sonst macht das Leben doch keinen Spaß."

Während Riesi dies sagte, ließ er das Porzellanschälchen wieder zu Steven wandern, und Steven nahm eine weitere Zimtmakrone.

Riesi redete weiter: "Und zum anderen habe ich natürlich allen erzählt, dass ich den großen Regisseur aus Hollywood treffe. Und da musste ich gar nicht mehr selber in den Illustrierten nach Ihnen suchen, sondern mir wurden gleich ein paar passende Seiten in die Hand gedrückt. Denn wenn Hantelegger auf Vielwerk schießt, dann interessiert das auch die deutsche Klatschpresse.

Und nun liefern Sie sich also einen Prozess mit Herrn Hantelegger?"

Steven erläuterte, dass seine Frau auf Schadenersatz und Schmerzensgeld bestehe.

Daraufhin meinte Riesi heiter: "Da trifft es sich doch

eigentlich hervorragend, dass ich Anwalt bin. Vielleicht könnte ich Ihnen ja in dem Prozess zur Seite stehen. Das hätte doch allerhand Vorteile. Zum einen könnten wir uns dann gelegentlich treffen. Zum anderen könnte ich ein paar Mal nach Los Angeles reisen. Wohlmöglich dürfte ich sogar die Kekse Ihrer Frau kosten. Und Sie müssten mir vermutlich auch nicht so viel Honorar zahlen, wie es bei Promi-Anwälten in Hollywood üblich ist."

Augenzwinkernd fügte er hinzu: "Ganz zu schweigen davon, dass ich dann auch einen Grund hätte, die Anfrage von Herrn Hantelegger abzulehnen."

Mit diesen Worten wanderte das Gebäck wieder zu Steven, und ein weiterer Keks von Riesis Frau fand seinen Weg in Stevens Magen.

Steven war zwar klar, dass Riesis Vorschlag nur ein Scherz war, aber er hakte nach: "Kennen Sie sich denn aus auf dem Feld des amerikanischen Waffenrechts?"

Riesi antwortete: "Och, nun ja, dass es viel zu lax ist, weiß ich jedenfalls. Und bei Prozessen ist es wie in der Politik. Wenn man wenigstens schon einmal weiß, in welche grobe Richtung es gehen soll, finden sich in der Regel auch geeignete Argumente. Zumindest bin ich meist nicht um ein paar Argumente verlegen, erst recht nicht, wenn sie sich gegen Waffeneinsatz richten sollen."

Steven musste schmunzeln und versuchte nun seinerseits, Riesi auf den Arm zu nehmen: "Aber wenn ich die Lage richtig einschätze, dann geht es Ihnen bei Ihrem Vorschlag hauptsächlich darum, einmal Cynthias Mohnkekse mit Schokoglasur zu probieren?"

Riesi kicherte, und Steven meinte: "Also, dann lassen Sie uns doch vorerst bei der Keks-Diplomatie bleiben, und ich werde dafür sorgen, dass Ihre Frau im Gegenzug auch

Cynthias Rezept für Mohnkekse bekommt. Und dann können Sie mich bei meinem nächsten Besuch in Berlin gerne bei weiteren Keksen im Hinblick auf Herrn Hantelegger beraten."

Dass auf diesen Ausspruch mit einer weiteren Zimtmakrone von Frau Riesi angestoßen werden musste, verstand sich von selbst.

Allmählich spürte Steven allerdings deutliche Signale seines Magens, dass er dringend vom Thema Kekse wegkommen sollte. Also versuchte er, das Gespräch auf den geplanten Film zu lenken: "Boris Baller verlegt ja die deutsche Wiedervereinigung in seinem Roman *Die Kanzlerin der Einheit* in die Jahre 2009, 2010 und macht Sie für diesen Zeitraum zum Staatschef der Deutschen Demokratischen Republik. Auch wenn der Ablauf der Wiedervereinigung in dem Roman frei erfunden ist, würde mich interessieren, wie Sie 1989, 1990 tatsächlich die deutsche Wiedervereinigung erlebt haben. Wie ich hörte, waren Sie damals schon politisch aktiv, zwar nicht als Staatschef der Deutschen Demokratischen Republik, aber durchaus in nicht ganz unbedeutender Position."

Riesi schilderte seine damalige Rolle und seine Sicht auf Mauerfall und Wiedervereinigung, meinte zum Schluss aber: "Ach, wissen Sie, das sind inzwischen doch alles Kekse von gestern, nehmen Sie lieber noch einen Keks von heute!"

Steven leistete der Aufforderung Folge, und schließlich war nur noch ein einziger Keks übrig in dem schönen Schälchen aus Meißner Porzellan. Riesi, der sich selbstverständlich ebenfalls am Keksverzehr beteiligt hatte, meinte daraufhin mit leicht besorgtem Blick auf die letzte Zimtmakrone: "Sehen Sie, es sind eben ganz andere Dinge als Hasen, die bei mir gefährlich leben."

Steven hakte nach: "Und dass Boris Baller Sie in seinem Roman zum zwanghaften Hasenjäger macht, hat wirklich keine negativen Auswirkungen auf Ihr öffentliches Ansehen?"

Riesi erwiderte: "Nun ja, ein paar seltsame Sprüche musste ich mir seither schon anhören. Da hat doch kürzlich tatsächlich ein Abgeordneter der Grünen im Bundestag während einer Rede von mir dazwischengerufen, wer wissen wolle, wohin linke Politik führe, der solle doch mal die Hasen fragen. Und im Restaurant würde ich derzeit bestimmt keinen Hasenbraten bestellen. Ansonsten habe ich auch noch das hier zur Verteidigung meines guten Rufes."

Er kramte aus seiner Jackentasche ein paar Sticker hervor. Darauf stand:

"Ich liebe alle Hasen."

"Bei mir sind alle Hasen sicher."

"Ich bin auch nur ein Hase."

Riesi erläuterte: "Diese Sprüche hefte ich mir jetzt bei Bedarf ans Revers."

Steven lachte. Das Gespräch mit Gregor Riesi amüsierte ihn sehr. Langsam war es aber doch Zeit aufzubrechen.

Bei der Verabschiedung hielt Riesi, der gerne noch weiter mit diesem netten Regisseur aus Hollywood geplaudert hätte, Steven nochmals das Porzellanschälchen unter die Nase: "Sie werden hier doch wohl keinen einsamen Keks zurücklassen. Wie sollte ich das meiner Frau erklären?"

Steven dachte nur: "Morgen steht in der Zeitung: Hollywood-Regisseur an Keksen erstickt. Aber okay, auf einen Keks mehr oder weniger kommt es nun auch nicht mehr an."

Also ergab er sich seinem Schicksal, und auch der letzte Keks verschwand in Stevens Magen.

Als Steven dann wieder auf dem Weg zurück ins Hotel

Adler war, musste er noch einige Male schmunzeln über diese lockere Begegnung mit der deutschen Politik. Um die Filmplanung war es bei der Unterhaltung zwar nur am Rande gegangen, aber Steven war doch einen guten Schritt weitergekommen, denn er wusste nun, wen er als Besetzung für die Rolle des Gregor Riesi haben wollte: Danny Levino, das würde passen.

Stevens gute Laune wurde nur dadurch leicht getrübt, dass sein Magen rebellierte. Das waren eindeutig zu viele Kekse gewesen. Das Abendessen würde nun entweder ganz entfallen müssen oder sich auf ein Salätchen zu beschränken haben.

12. Kapitel
September 2011 in Berlin

Der Hauptstadtflughafen

Am nächsten Tag war das Wetter umgeschlagen. Über Nacht hatte es einen Temperatursturz gegeben. Es regnete, und der Wind riss erste gelbe Blätter sowie einige kleine Äste von den Bäumen und wehte sie durch die Straßen. Tags zuvor hatte es sich noch angefühlt wie Sommer, aber nun sah es aus, als hätte der Herbst begonnen.

Für den heutigen Tag stand ein Besuch der Baustelle des Hauptstadtflughafens auf dem Programm. Im Hotel Adler frühstückte Steven zunächst in aller Ruhe. Dann stattete er der Rezeption einen Besuch ab. Dort wartete bereits das Keksrezept von Riesis Frau auf ihn. Steven bat einen Angestellten des Hotels, im Gegenzug Cynthias Rezept, das er sich am Abend zuvor von ihr noch hatte diktieren lassen, an Gregor

Riesi zu schicken.

Um elf Uhr holte ihn dann der Berliner Bürgermeister, der einen Hofstaat von einem halben Dutzend Mitarbeitern im Schlepptau führte, für die Fahrt zum Flughafen ab.

Als sie alle gemeinsam im Bus saßen, brachte Steven zunächst seine Verwunderung über den Wetterumschwung zum Ausdruck, erntete von den Deutschen aber nur ein Achselzucken und die lakonische Bemerkung: "Wir haben genügend Schirme an Bord." Offenbar war man in Deutschland derartige Wetterkapriolen gewöhnt.

Dann wandte Steven sich einer Frage zu, die bislang unbeantwortet geblieben war, aber nicht unwesentlich dafür war, ob die Fahrt zum Flughafen überhaupt die Mühe lohnen würde. Er erläuterte: "Die Dreharbeiten für *Die Kanzlerin der Einheit* sollen im nächsten Frühjahr im März beginnen und im Juni abgeschlossen sein. Stehen der Flughafen oder geeignete Teile davon denn dann überhaupt noch als Drehort zur Verfügung? Wann soll der Flughafen überhaupt eröffnet werden? Sobald dort regulär Maschinen starten und landen, können wir das Gelände wohl nicht mehr für Aufnahmen nutzen."

Der Bürgermeister erwiderte gelassen: "Och, machen Sie sich da mal keine Sorgen. Zurzeit herrscht ohnehin Baustopp auf unserem neuen Hauptstadtflughafen. Und ein Termin für eine Wiederaufnahme der Bauarbeiten ist mir nicht bekannt. Vermutlich eher später als früher. Folglich wird der Flughafen wohl kaum in den nächsten zwölf Monaten eröffnet. Sie werden also in aller Ruhe hier drehen können."

Als der Bus nach seiner Fahrt vom Berliner Zentrum ins Berliner Umland an der Flughafenbaustelle vorfuhr, stiegen dort einige Herren mit Schutzhelmen zu. Der Bürgermeister stellte sie nur als "die Herren Planer" vor. Auch alle anderen erhielten Schutzhelme, und der Bus begann, eine Rundfahrt über das Flughafengelände zu machen. Der Chefplaner griff zum Mikrophon und erläuterte den Stand der Arbeiten.

Nachdem Steven eine Weile seine Blicke über die Gebäude hatte wandern lassen, sagte er: "Das sieht doch alles so aus, als ob die Bauarbeiten schon recht weit gediehen sind."

Der Berliner Bürgermeister zuckte aber nur mit den Achseln: "Der Schein trügt. Die einzelnen Teile, die Sie sehen, passen bedauerlicherweise nicht ganz zusammen. Schade eigentlich."

Steven konnte sich auf die Probleme bei den Bauarbeiten vorerst keinen rechten Reim machen. Er wandte sich an den Chefplaner und fragte: "Wir müssen für die Dreharbeiten für Boris Ballers Version des Mauerfalls auch einige Sprengungen in freiem Gelände durchführen. Ist das hier denn möglich?"

Der Chefplaner erwiderte: "Ja, doch, das können Sie gerne machen. Ich kann Ihnen auch genau zeigen wo. Lassen Sie uns zu diesem Zweck kurz auf die Landebahn hinausfahren."

Der Bus fuhr von den Gebäuden weg, und mitten auf der Landebahn kam er schließlich auf entsprechende Anweisung hin zum Stehen. Der Chefplaner sagte: "Wenn Sie mir kurz ins Freie folgen möchten, dann kann ich Ihnen zeigen, welche Art von Sprengungen Sie hier jederzeit durchführen können."

Zu Stevens Entsetzen fand er sich drei Minuten später mit Schutzhelm auf dem Kopf und Schirm darüber draußen im strömenden Regen wieder.

Der Chefplaner ging ungerührt in die Hocke und holte, während er mit einer Hand seinen Schirm balancierte, mit der anderen Hand einen kleinen spitzen Hammer aus der

Manteltasche. Dann hackte er eher halbherzig entlang einer Fuge auf den Beton der Landebahn ein.

Dabei referierte er: "Wegen der riesigen Mengen an Beton, die dafür erforderlich waren, wurde die Landebahn nach und nach in mehreren Teilabschnitten betoniert. Die Fugen dazwischen hätten dann eigentlich sofort mit einem Spezialbeton versiegelt werden müssen. Dieser Arbeitsschritt wurde aber leider in der Spezifikation vergessen. Das beauftragte Bauunternehmen hat zwar in der Vergangenheit auch schon andere Landebahnen erstellt. Aber hier in Berlin haben sie die Versiegelung nicht durchgeführt. Und als wir das viel zu spät bemerkt haben, hieß es dann von den Verantwortlichen in dieser Firma, sie hätten sich zwar über die fehlende Versiegelung der Fugen gewundert. Sie hätten aber nun mal die strikte Anweisung, sich stets genauestens an die Spezifikationen zu halten. Sie hätten gedacht, eine andere Firma sei mit der Versiegelung der Fugen beauftragt.

Und nun sehen Sie her, was dabei herauskommt, wenn man die Versiegelung der Fugen vergisst."

Der Chefplaner hatte ein paar Brösel aus dem Beton gehackt. Er nahm sie in die Hand, richtete sich aus der Hocke wieder auf und ließ sie dann ein wenig theatralisch wieder zu Boden rieseln. Dazu sagte er: "Da kann man mit dem Jumbo auch gleich auf Mürbeteig landen. So geht das nicht. Wir müssen sämtliche Fugen in der Landebahn wieder aufsprengen. Das sind insgesamt immerhin sechs Kilometer Fugen. Und dann müssen wir die Fugenbereiche neu betonieren. Sie können hier also so viel sprengen, wie sie wollen."

Während der Chefplaner dies erläuterte, regnete es weiter vor sich hin. Schwarze Krähen flogen über der leeren Landebahn durch den kalten Wind. Ein einsamer Hase hoppelte vorbei. Steven spürte, wie seine durchnässte Hose an seinen Beinen klebte. Er begann zu frösteln und fand die ganze Szenerie vollkommen grotesk. Nur der Regisseur in ihm verspürte einen leichten Respekt für die absurde Scheußlichkeit der Situation. Er dachte: "Hübsch hässlich habt ihr es hier."

In der Mischung aus wachsendem Entsetzen und schwarzem Humor, die in ihm aufstieg, registrierte Steven nur eingeschränkt, was der Chefplaner erzählte. Daher war er ein wenig verdutzt, als dieser mit seinen Ausführungen anscheinend zum Ende gekommen war und sich nun lauter fröhliche deutsche Blicke auf Steven richteten. Nach kurzem Rätseln kam Steven zu dem Schluss, dass man nun offenbar ein Lob von ihm erwartete.

Er zögerte allerdings einen Moment. Um kein peinliches Schweigen aufkommen zu lassen, ergriff daher der Berliner Bürgermeister frohgemut das Wort: "Das ist doch alles sehr schön, nicht wahr, Herr Vielwerk? Das ist hier doch genau, was Sie brauchen, um die innerdeutsche Grenze für Ihren Film kameragerecht in die Luft zu jagen."

Steven wollte im Grunde nur wieder zurück in den trockenen Bus und überlegte kurz, wie er dies am schnellsten erreichen würde. Dann erklärte er mit etwas heiserer, aber fester Stimme: "In der Tat, das alles hier wartet geradezu darauf, in die Luft gejagt zu werden."

Als die anderen daraufhin mit den Schutzhelmen auf ihren Köpfen und den Schirmen darüber unverwandt im Regen stehen blieben und wohlmöglich auf weitere Ausführungen von Steven warteten, fügte er hinzu: "Lassen Sie uns aber jetzt erst mal die Gebäude von innen ansehen." Daraufhin drehte er sich auf dem Absatz um und stieg als Erster wieder zurück in den Bus. Die anderen folgten, und die Scheiben im Bus beschlugen.

Nachdem er seine durchweichte Hose ein wenig von den Beinen gezupft hatte, fragte Steven mit leichter Schärfe in der Stimme: "Die Flughafengebäude haben aber doch zumindest Dächer? Oder war für Dächer auch kein Platz in den Spezifikationen?"

Der Chefplaner antwortete trocken: "Die Dächer sind bereits weitgehend vorhanden. Leider haben wir auch dort einige Fugenprobleme."

Vor Stevens innerem Auge nahm eine Schreckensvision Gestalt an: Gleich würde er durch eine riesige Flughafenhalle laufen, und verteilt auf dem Fußboden würden Tausende Eimer jedweder Farbe stehen, in die es von der Decke her in allen Tonlagen laut platschend hineintropfen würde.

Nachdem sich dieses Szenario vor seinem inneren Auge entfaltet hatte, war er nahezu erstaunt, als er schließlich feststellen konnte, dass es in dem Flughafengebäude zwar genauso kühl wie draußen, aber immerhin doch weitgehend trocken war.

In der Flughafenhalle war in alle Richtungen grauer Beton und Glas zu sehen. Der Berliner Bürgermeister warb: "Das ist doch sehr geeignet für repräsentative Innenaufnahmen aller Art. Wenn Julia Topherz dort hinten die Treppe hinunterschreitet, dann wird das aussehen, als ob Angela Rautel im Kanzleramt ihre Gäste begrüßt.

Und darüber hinaus gibt es hier auch genügend leere Räume, die man als Büros westdeutscher, ostdeutscher, amerikanischer oder sowjetischer Staatschefs ausstaffieren kann."

Wie um dies zu beweisen, griff der Berliner Bürgermeister

beim Gang durch einen der Flure des Flughafengebäudes zu einer Türklinke. Den freudestrahlenden Blick auf Steven gerichtet, öffnete er die Tür und sagte: "Sehen Sie?"

Was der Blick durch die geöffnete Tür zeigte, war allerdings nicht ganz leicht zu interpretieren. Irgendwie sah es aus wie ein kleiner Innenhof mit gegenüberliegender Garage. Klar war nur, dass ein Schwall kalter und feuchter Zugluft hereingeweht kam.

Der Bürgermeister beeilte sich, die Tür wieder zu schließen. Dann blickte er fragend zum Chefplaner. Dieser erklärte ein wenig trotzig: "Im Prinzip ist das schon richtig, was da zu sehen war. Die Tür führt in einen Büroraum. Nur die Baulücke zwischen der Tür und dem Büroraum macht keinen Sinn."

Und an Steven gewandt fuhr er resignierend fort: "Das können Sie auch sprengen."

Wenn die durchnässte, an seinen Beinen klebende Hose ihn nicht bei jedem Schritt an seinen Wachzustand erinnert hätte, hätte Steven geglaubt, er träume.

Er wandte sich an den Bürgermeister: "Könnte ich denn einen Plan von dem Gelände und den Gebäuden bekommen?"

Der Bürgermeister gab die Frage an den Chefplaner weiter. Dieser lachte nur kurz und spitz auf: "Einen Plan? Was glauben Sie wohl, warum ich hier Planungschef bin? Doch nicht, damit ich den ganzen Tag faul und fröhlich auf einem fertigen Plan sitze. Ich bin hier Planungschef, damit wir endlich einen Plan von diesem Projekt bekommen."

Da wurde es dem Bürgermeister zu bunt, und er legte etwas mehr Biss in seine nächste Frage: "Und wann, zum Teufel, ist mit einem Plan zu rechnen?"

Der Chefplaner entgegnete leicht pikiert: "Einen fertigen Plan wird es wohl kaum vor der Eröffnung des Flughafens geben. Schließlich muss der Plan letztlich ja irgendetwas mit der Realität zu tun haben. Wir haben schon viel zu oft die Erfahrung gemacht, dass Bauergebnisse nicht den Plänen entsprechen. Das darf sich nicht immer wiederholen. Deshalb machen wir die Pläne jetzt erst nach dem Bauen fertig."

Steven entfuhr ungewollt ein leises Kichern, das allerdings allseits nur mit fragenden Blicken quittiert wurde. Also sagte er: "Okay, machen Sie sich bitte wegen mir keine unnötigen Umstände. Es geht auch ohne Plan. Genügend Beton und Glas für die Dreharbeiten sind eindeutig vorhanden. Ich will dieses außergewöhnliche Bauwerk hier ja auch nicht als Flughafen nutzen. Insofern müssen wir uns jetzt auch nicht länger mit vorhandenen oder fehlenden Teilen oder Funktionen einzelner Gebäudeabschnitte auseinandersetzen. Das überlasse ich ganz Ihrer Zuständigkeit und Kompetenz. Von meiner Seite aus können wir also nun gerne wieder zurückfahren in die Berliner Innenstadt." Und dann murmelte er noch leise hinterher: "Bitte!"

Dreimal musste er noch die Frage verneinen, ob er denn nicht auch noch dieses und jenes sehen wolle, wenn er schon einmal hier sei. Aber Steven hatte eindeutig genug gesehen von der Baustelle des neuen Hauptstadtflughafens. Solange man ihn hier machen lassen würde, was er wollte, war das Gelände als Drehort durchaus geeignet. Was ihm allerdings einen Schauer über den Rücken jagte, war der Gedanke daran, dass sich bei Regisseuren berufsbedingt Drehort und Aufenthaltsort meist nicht voneinander trennen lassen. Denn an diesen Ort des Grauens wollte er eigentlich nicht noch einmal reisen. Aber es würde sich vermutlich nicht vermeiden lassen.

Als er am späten Nachmittag wieder im Hotel Adler war

und endlich den Berliner Regen hinter sich gelassen hatte, ließ sich Steven in seiner Suite zunächst ein heißes Bad ein. Als er in der Wanne lag und vor lauter Schaum nur noch die Decke sehen konnte, atmete er ein paar Mal tief durch und stöhnte: "Wie schön, morgen geht es wieder nach Hause. Hier in Berlin habe ich vorerst wirklich und wahrhaftig genug geleistet."

Um seine krausen Gedanken ein wenig zu ordnen, rekapitulierte er die Ereignisse der vergangenen Tage: "Zusammen mit Boris Baller habe ich das Filmprojekt angekündigt und ihn sogar gleich auch noch für die Rolle des Wladimir Knutin gewinnen können. Mit Gregor Riesi habe ich wirklich nett geplaudert und ziemlich viele Kekse gegessen, aber immerhin weiß ich jetzt, wer seine Rolle spielen soll. Der Hauptstadtflughafen ist, so scheußlich es dort war, durchaus als Drehort geeignet. Und hier im Hotel gibt es sogar heißes Wasser."

Zum Abendessen war Steven beim amerikanischen Botschafter eingeladen. Mit großer Freude erinnerte er sich daran, dass er die Botschaft bereits in unmittelbarer Nachbarschaft des Hotel Adler erspäht hatte.

Ohne erneut durchnässt zu werden, traf er bei seinem Gastgeber ein. Nach einigen Worten der Begrüßung räumte Steven Vielwerk gegenüber dem amerikanischen Botschafter ein, dass er Deutschland nicht so recht verstehe: "Hier schreiben Tennis-Stars Politsatiren. Der einzige Politiker, der mit mir als Amerikaner plaudern mag, ist ein Kommunist, der so entspannt tut, alles hätte es den Kommunismus oder den Kalten Krieg nie gegeben. Flughäfen werden gebaut, deren Fertigstellung bestenfalls durch eine Verkettung gnädiger Zufälle denkbar scheint. Den einen Tag lacht die Sonne vom

Himmel, den nächsten Tag gießt es in Strömen. Niemand scheint sich zu wundern, wenn man bis auf die Unterhose durchnässt mitten auf einer Landebahn im Nirgendwo steht. Der Berliner Bürgermeister sagt, seine Stadt ertrinke in Schulden, und das Ganze soll trotzdem irgendwie das Zugpferd Europas sein."

Der Botschafter räumte ein, dass er bisweilen ebenfalls seine Schwierigkeiten habe, die Deutschen zu verstehen: "Hier in Berlin sagt man, sie seien arm, aber sexy. Die Love Parade haben sie allerdings abgeschafft. Es fehlt das Geld, hinterher aufzuräumen. Es ist schon eigenartig. Irgendwie haben sie für alles eine Vorschrift, aber für ein bisschen Aufräumen reicht es auch wieder nicht. Alles sehr seltsam."

Steven schwieg einen Moment und dachte: "Ich sollte mir wirklich einen guten Regieassistenten besorgen, damit ich mir das hier nicht wochenlang antun muss. Wenn ich für den Dreh noch zwei oder drei Mal für ein paar Tage nach Berlin komme, dann muss das reichen."

Erleichtert registrierte er, dass der Botschafter zum Dinner ein anständiges Steak an Ceasar's Salad mit Thousand-Island-Dressing servieren ließ. Er fragte sich: "Ob ich wohl für meine nächsten Besuche in Berlin ein Gästezimmer mit Halbpension in der amerikanischen Botschaft bekommen könnte? Andererseits, nun ja, das Hotel Adler ist schon auch ganz passabel."

13. Kapitel
September 2011 in Hollywood

Subversion

Als Steven wieder daheim in Hollywood war, vergingen keine zwei Tage, und seine Frau Cynthia kam nachmittags zu ihm ins Arbeitszimmer mit einem großen runden Teller in den Händen.

Lächelnd präsentierte sie ihn, und Steven beäugte, was sich darauf befand. Schnell erkannte er, dass dort bunt gemischt die bewährten Mohnkekse seiner Frau sowie Zimtmakronen nach dem Rezept von Riesis Frau lagen.

Da Steven wusste, dass seine Frau nicht einfach grundlos zum Backblech griff, warf Steven ihr einen forschenden Blick zu, woraufhin Cynthia trocken erklärte: "Ich wollte mal sehen, was passiert, wenn man meine Kekse gemeinsam mit Kommunistenplätzchen auf einen Teller tut. Tja, und nun liegen sie da nebeneinander, und nichts ist los. Irgendwie ist dieses friedliche Nebeneinander doch ein wenig enttäuschend. Wahrscheinlich stammt der Teller aus China, oder wie soll man das sonst erklären? Es könnte natürlich auch daran liegen, dass wir hier in Amerika kommunistische Unterwanderung überhaupt nicht mehr bemerken. Immerhin ist ja auch Nolama Präsident geworden."

Und mit diesen Worten steckte Cynthia sich eine Zimtmakrone in den Mund. Nachdem sie eine Weile darauf herumgekaut hatte, stellte sie unter Kopfschütteln fest: "Nun ja, das nennt man erfolgreiche Subversion. Man schmeckt den Feind gar nicht richtig durch. Die Kekse von deinem neuen

Bekannten schmecken nahezu so, als hätte ein Republikaner das Rezept erdacht."

Und sie griff zu einer zweiten Zimtmakrone, worauf Steven sich einen von Cynthias Mohnkeksen nahm und sagte: "Ja, so ist das. Ich sage es ja schon immer: Wir sitzen alle im selben Boot. Die Frage ist nur, wer das Boot gebaut hat. Hoffentlich keine Flughafenplaner aus Deutschland."

Von Cynthias Backaktion inspiriert, rief Steven bei Danny Levino an. Er erläuterte ihm die Rolle des Gregor Riesi und erkundigte sich nach Dannys Bereitschaft, den Staatschef der Deutschen Demokratischen Republik zu spielen.

Danny erwiderte: "Zeit hätte ich. Und für dich tue ich doch fast alles. Aber warum soll ich denn ausgerechnet einen deutschen Kommunisten mimen?"

Das veranlasste Steven, sich zu erkundigen: "Bist du gerade online?"

Danny antwortete: "Mein Tablet liegt neben mir."

Also fuhr Steven fort: "Dann schicke ich dir mal eben ein Foto von Gregor Riesi."

Steven tippte auf seinem Rechner herum und fragte dann: "Na, hast du es bekommen?"

Danny konzentrierte sich auf sein Tablet: "Ja. Hier ist was." Und einen Moment später kicherte er: "So, so, ich glaube, ich verstehe, was dich zu mir treibt. Mein imponierendes Erscheinungsbild ist also gefragt. Okay, ich verspüre eine gewisse Eignung für die Rolle. Aber schick mir trotzdem erst einmal das Drehbuch.

Habe ich dir eigentlich schon mal von meinem deutschen Großvater erzählt? Er war ein Kaufmann aus Berlin. Er kam sogar bis nach Neapel, wo er meiner Großmutter schöne Augen machte, bis sie sich schon an seiner Seite in Berlin wähnte. Aber dann hat er sie schwanger daheim in Italien sitzen lassen und ist zurück nach Deutschland gegangen."

Steven und Danny plauderten weiter, und Steven versuchte, Danny die Teilnahme an dem Film noch ein wenig schmackhafter zu machen, indem er darauf hinwies, dass Danny einige gemeinsame Szenen mit Julia Topherz haben würde, die als die Kanzlerin der Einheit vorgesehen war.

Danny pfiff durch die Zähne: "Oi, oi, oi! Pretty woman! Und sie ist die Kanzlerin vom Westen, und ich bin der Chef von Ostdeutschland? Das verleiht der deutschen Wiedervereinigung ja ganz neue Facetten. So hatte ich die Geschichte bisher noch gar nicht gesehen. Ist das etwa eine Romanze?"

Steven erinnerte sich, dass auch Julia Topherz diese Frage bereits gestellt hatte. Allerdings hatte Julia dabei einen völlig anderen Unterton in der Stimme als Danny Levino. Aber nun bekam auch Danny die Antwort, die Steven schon Julia gegeben hatte: "Nein, es ist keine Romanze."

Danny war hörbar enttäuscht.

Nach Ende des Telefonats lehnte sich Steven zurück und dachte: "Na, so langsam vervollständigt sich das Bild: Julia Topherz als Angela Rautel, Boris Baller als Wladimir Knutin, Danny Levino als Gregor Riesi, und Arnold Hantelegger vielleicht, wenn wir noch ein paar Hindernisse aus dem Weg geräumt bekommen, als Silvio Belladonni. Dann fehlt jetzt eigentlich nur noch Barack Nolama.

Und, nicht zu vergessen, ich brauche einen fähigen Regieassistenten, damit ich nicht Ewigkeiten auf der elenden Berliner Flughafenbaustelle herumsitzen muss. Das sollte ein richtig guter Mann sein, damit nicht gleich die Mäuse tanzen, wenn ich nicht vor Ort bin."

14. Kapitel
Oktober 2011 in Hollywood

Der Beste

Auf der Suche nach einem geeigneten Assistenten wandte sich Steven daraufhin an seinen Freund Cooper Cardinal. Cooper und er waren schon seit Langem befreundet. Cooper war quasi Stevens Personalagentur für all jene Mitarbeiter, bei denen weder Schauspielerei noch Kameraführung im Mittelpunkt stand.

Obwohl Cooper Steven schon in vielen Situationen sehr geeignete Hilfstruppen vermittelt hatte und Steven ihm dafür aufrichtig dankbar war, verspürte Steven immer ein leises Unbehagen, wenn er an Cooper dachte. Cooper war ein Rätsel für Steven. Er war die Selbstbeherrschung in Person, stets höflich und zuvorkommend, absolut zuverlässig, aber letztlich völlig undurchschaubar. Dass Cooper geschäftlich sehr erfolgreich war, stand außer Zweifel, aber Steven war völlig schleierhaft, womit Cooper sein Geld verdiente. Von Steven jedenfalls hatte Cooper noch nie einen Cent haben wollen.

Steven lud also Cooper, der wie Arnold Hantelegger und Julia Topherz in der Nachbarschaft in Hollywood wohnte, zu einem Drink zu sich nach Hause ein.

Cooper sagte zu, und als er einige Tage später am Pool der Vielwerks saß, erläuterte Steven: "Ich brauche im nächsten Frühjahr einen erstklassigen Regieassistenten. Es sollte einer sein, der den Dreh auch dann durchboxen kann, wenn ich gerade hier im Garten sitze."

Cooper nickte verständig: "Wo wird denn gedreht? Hier in

Hollywood?"

Steven schüttelte den Kopf: "Nein, nein, Drehort ist Berlin, genau genommen die Baustelle des neuen Flughafens von Berlin."

Cooper meinte: "Das ist ja am Arsch der Welt."

Um dem Rechnung zu tragen, fügte Steven hinzu: "Selbstverständlich zahle ich Buschzulage. Aber ich brauche den Besten."

Cooper ließ die Aussage sacken, dann sah er Steven ruhig in die Augen und vergewisserte sich: "Wirklich den Besten?"

Steven zögerte kurz, denn das Gewicht, das Cooper in seine Rückfrage gelegt hatte, war Steven nicht entgangen, aber dann sagte er: "Ja, ich denke schon. So wie sich mir die Lage in Berlin dargestellt hat, sollte es schon der Beste sein und nicht der Zweit- oder Drittbeste."

Cooper pfiff durch die Zähne: "Also jemand mit Kampferfahrung?"

Nachdem ihn dies erneut kurz zögern ließ, wiederholte Steven: "Ja, ich denke schon. Er muss die Dreharbeiten unter allen Umständen auf Kurs halten können, auch unter widrigsten Bedingungen."

Cooper nickte: "Okay, Steven, wenn du den Besten willst, dann sollst du auch den Besten bekommen. Das wird nicht ganz einfach, und ganz billig ist der Beste sicher auch nicht. Aber ich denke, ich weiß, wohin ich mich diesbezüglich wenden kann."

Steven sagte lächelnd: "Ich habe, wie immer, blindes Vertrauen, dass du den richtigen Riecher hast. Du hast bisher noch immer die Richtigen gefunden. Sogar Cynthia hast du mir damals vorgestellt, erinnerst du dich? Meine Güte, ist das lange her."

Cooper erwiderte: "Stimmt. Ich wusste gleich, ihr beiden

passt zusammen."

Einige Tage später kam Coopers Kandidat zu einem ersten Gespräch, wobei Steven beschlossen hatte, die Unterhaltung nicht daheim, sondern in seiner Geschäftszentrale zu führen.

Der potentielle Regieassistent erwies sich als durchtrainierter junger Mann Ende zwanzig mit einer Sonnenbrille vor den Augen und einer Baseball-Kappe auf dem Kopf. Steven war ein wenig irritiert über die Maskerade. Aber er spürte sofort, dass er einen Profi vor sich hatte.

Der junge Mann stellte sich vor: "Wenn es Ihnen recht ist, können Sie mich Dexter nennen."

Steven erwiderte leicht verdutzt: "Und falls es mir nicht recht wäre?"

Dexter erwiderte ungerührt: "Dann können Sie gerne einen anderen Namen verwenden. Ganz wie Sie wünschen. Wäre Ihnen Phil lieber?"

Steven zögerte einen Moment und sagte dann: "Nein, nein, nichts für ungut. Dexter ist schon okay, Dexter.

Hat Ihnen Cooper denn bereits erläutert, warum Sie hier sind und wozu ich Sie brauche?"

Dexter erwiderte: "Wenn ich Mister Cardinal richtig verstanden habe, dann soll ich Ihnen bei Ihrem nächsten Film helfen. Das heißt allerdings nicht, dass ich in dem Film mitspielen soll, sondern vielmehr, dass ich dafür sorgen soll, dass auch in Ihrer Abwesenheit am Set alles wie am Schnürchen läuft. Also, dass alle gemäß Drehbuch arbeiten und dass niemand vom Set fliehen kann."

Anerkennend nickte Steven: "Ja, das trifft es durchaus. Das hätte ich auch nicht klarer, kürzer und unmissverständlicher ausdrücken können. Ich sehe, Cooper hat Ihnen ein ungeschminktes Bild der anstehenden Aufgaben vermittelt. Und Sie meinen also, Sie sind der Richtige für die Aufgabe?"

Dexter antwortete: "Sicher. Ich bin schließlich der Beste. Und wie Mister Cardinal mir sagte, wollten Sie ja den Besten haben."

Steven erwiderte: "Ja, das stimmt. Aber verraten Sie mir doch bitte einmal: Woraus darf ich denn schließen, dass Sie tatsächlich der Beste sind?"

Trocken erwiderte Dexter: "Nun ja, dass ich der Beste bin, ergibt sich daraus, dass ich besser bin als der Zweitbeste."

Steven fragte nach: "Gibt es denn irgendwo eine Liste, der man entnehmen kann, wer der Beste, der Zweitbeste oder der Drittbeste ist?"

Von Dexter kam daraufhin nur: "Sicher."

Die Neugier in Steven war geweckt: "Und wo gibt es diese Liste? Wer hat denn eine solche Liste?"

Dexter antwortete: "Der Chef."

Steven hakte nach: "Und darf man fragen, wer der Chef ist?"

Klar und deutlich kam Dexters Antwort: "Nein, natürlich nicht."

Steven blieb aber am Ball: "Und warum nicht?"

Nüchtern erwiderte Dexter: "Nur Tote kennen den Chef."

Steven stellte fest: "Aber Sie sehen noch ganz lebendig aus."

Dexter sagte nur: "Sicher."

Also fragte Steven: "Ich darf aber doch wohl annehmen, dass sie Ihren Chef kennen?"

Dexter erwiderte: "Nein! Natürlich nicht. Nur Tote kennen den Chef."

Ein wenig amüsiert meinte Steven: "Ach ja, stimmt, das sagten Sie schon. Aber wie sprechen Sie sich denn dann mit

Ihrem Chef ab?"

Dexter erklärte: "Per Handy."

Steven versuchte es mit Ironie: "Na klar. Ich bitte um Nachsicht. Das hätte ich mir natürlich denken können."

Dexter erwiderte nur: "Sicher."

Da er so anscheinend nicht weiter kam, beschloss Steven, die Stoßrichtung seiner Fragen zu ändern: "Bevor ich mich nun allzu sehr darüber freue, in Ihnen den Besten gefunden zu haben, lassen Sie mich vorsorglich nach Ihrem Honorar fragen. Cooper meinte, der Beste sei wohl nicht ganz billig."

Nüchtern antwortete Dexter: "Zehntausend Dollar pro Tag, jeweils mindestens eine Woche im Voraus."

Da wohl kaum jemand so gut mit hohen Gagen vertraut war wie Hollywoods Star-Regisseur Steven Vielwerk, löste die Antwort bei ihm keinen sonderlichen Schock aus. Dennoch hielt Steven es für angebracht, die Größenordnung zu hinterfragen: "Das ist ein Haufen Kohle für einen Regie-assistenten."

Dexter ließ sich nicht irritieren: "Man muss ja für die Familie sorgen. Wenn man erst einmal der Beste ist, dann kann es schnell vorbei sein mit Geld und Leben."

Ruhig erwiderte Steven: "Bei dem, wofür ich Sie brauche, wird es so schlimm schon nicht kommen."

Daraufhin erklärte Dexter ungerührt: "Das heißt es am Anfang immer. Und dann fliegt einem nachher doch der Quark um die Ohren."

Steven konnte sich nicht verkneifen, das Szenario ungeahnter Risiken etwas weiter auszumalen, um Dexter ein wenig zu provozieren: "Okay, wenn Sie den Einsatz so kritisch sehen, dann würde mich, wenn Sie gestatten, interessieren, welche Vorkehrungen zu treffen wären, damit die Dreharbeiten auch im Falle Ihres Ablebens plangemäß weitergeführt werden könnten?"

Ohne mit der Wimper zu zucken, erwiderte Dexter: "Das ist nicht weiter schwierig. Im Falle meines Ablebens wenden Sie sich sinnvollerweise an den Zweitbesten. Der ist ja dann der Beste."

Steven lächelte: "Okay, Scherz beiseite. Sie werden die Zusammenarbeit mit mir schon überleben."

Dexter wiederholte nur ungerührt: "Das heißt es am Anfang immer. Sie glauben ja gar nicht, wie oft ich das schon gehört habe."

Steven entgegnete frohgemut: "Na also. Wenn Sie das schon so oft gehört haben und Sie es jedes Mal überlebt haben, dann kann die Lage ja nicht gar so kritisch sein."

Dexter erwiderte: "Aber auch nur, weil ich der Beste bin."

Ein neuer Schwenk schien Steven geboten: "Sie können also ab Anfang März in Berlin sein?"

Dexter nickte: "Ich werde zur Stelle sein."

Steven fragte lapidar: "Und was machen Sie, bis es so weit ist?"

Dexter erwiderte: "Ich habe noch einen Termin beim Gesichtschirurgen."

Einerseits fand Steven diese Aussage zwar ziemlich merkwürdig, und er starrte nochmals auf Dexters undurchdringliche Maskerade aus Baseball-Kappe und Sonnenbrille. Andererseits war die Aussage, gerade in Hollywood, auch wieder nicht so ungewöhnlich. Selbst Steven hatte sich schon einmal unters Messer begeben, um seinen Hals ein wenig straffen zu lassen. Steven beschloss daher, Dexters geplante Gesichtschirurgie nicht weiter zu hinterfragen. Irgendwie spürte er, dass Dexter der Richtige für die

70

Aufgabe war.

Ohne dass ihn die Antwort noch sonderlich interessierte, fragte Steven: "Und wie viel Erfahrung haben Sie im Filmgeschäft?"

Dexter erklärte: "Ausreichend."

Steven schwieg einen Moment, um die Antwort auf sich wirken zu lassen. Dann sagte er: "Das sollte reichen."

Und Dexter gab zurück: "Sicher."

15. Kapitel
Oktober 2011 in Berlin

Die Vitrine

Derweil saß Angela Rautel im Bundeskanzleramt und war sich immer noch unschlüssig, was sie von Boris Ballers Roman *Die Kanzlerin der Einheit* und dessen geplanter Verfilmung halten sollte. Bisher hatte sie versucht, die ganze Angelegenheit so gut wie möglich zu ignorieren. Aber es war absehbar, dass sie Fragen neugieriger Journalisten zu diesem Thema nicht dauerhaft entgehen würde. Sie dachte: "Irgendwie ist ja ganz schmeichelhaft, dass mich der Roman zur Kanzlerin der Einheit befördert. Aber ich will wirklich nicht, dass manche junge Menschen nun anfangen zu glauben, dieser Roman habe irgendetwas mit der Wirklichkeit zu tun. Auf der anderen Seite will ich auch nicht als humorlose Spielverderberin dastehen. Und wenn Steven Vielwerk das Buch verfilmt und meine Rolle mit Julia Topherz besetzt, dann muss man ja fast befürchten, dass der Film ein Erfolg wird."

Rautel kam zu dem Schluss, dass sie das Buch lesen sollte. Eine grobe Inhaltsbeschreibung hatte sie sich zwar schon geben lassen. Aber nun schien es ihr doch geboten, sich persönlich ein genaueres Bild davon machen, wie es um die politische Brisanz der einzelnen Szenen stand. Gemäß dem, was sie bisher über den Inhalt gehört hatte, befürchtete sie jedenfalls Ärger mit Barack Nolama und Wladimir Knutin. Zumindest schienen die beiden nicht so gut wegzukommen in der Geschichte.

Für Angela Rautel duldete eine nähere Auseinander-setzung mit Boris Ballers Machwerk auch insofern keinen großen Aufschub mehr, als sie in der folgenden Woche zu einem Gipfel nach Rom reisen musste und dort auf Nolama, Knutin und Belladonni treffen würde.

Sie rief in Richtung ihres Vorzimmers: "Walter!"

Rautels Bürochef Walter Heftling erschien in der Tür und fragte: "Ja, was gibt's, Chefin?"

Rautel sagte: "Ich muss doch nächste Woche nach Rom zu diesem Gipfeltreffen. Ich denke, es ist an der Zeit, dass ich mich darauf vorbereite. Beschaff mir doch bitte ein Exemplar von Boris Ballers Roman. Aber jetzt bring erst einmal den Nolama, den Knutin und den Belladonni."

Heftling antwortete: "Kommt sofort!"

Er ging zurück ins Vorzimmer zu einer Vitrine mit Milch-glasscheiben. Er öffnete sie und etwa drei Dutzend Stofftiere standen vor ihm. Zielsicher griff Heftling nach einem Löwen und einem Tiger.

Dann zögerte er eine Moment: "Und wer war noch einmal Belladonni?" Er griff nach einer Giraffe, dann nahm er seine Brille von der Nase, hielt das Stofftier direkt vor seine Augen und sah auf das kleine Stoffbändchen mit dem Herstellernahmen und den Pflegehinweisen, das an einem Bein der Giraffe baumelte. Aber darauf stand in seiner eigenen Krakelschrift ein anderer Name. Heftling sagte nur: "Ach ja, der Schnäppchenjäger." Und dann stellte er die Giraffe zurück.

Er ließ seine Blicke nochmals über die Stofftiersammlung gleiten, und diesmal griff er zielsicher nach einem Hahn: "Jetzt weiß ich es wieder."

Mit den drei Stofftieren im Arm ging Heftling in Rautels Büro. Er setzte sich gegenüber von Angela Rautel auf die andere Seite des Schreibtisches und platzierte die Stofftiere so mitten auf dem Schreibtisch, dass sie ihm den Rücken zukehrten und direkt auf Rautel blickten.

Zum Ritual gehörte eine kurze Vorstellungsrunde. Heftling griff zum Löwen, ließ ihn eine kleine Verbeugung machen und sagte: "Gestatten, Nolama."

Dann kam der Tiger an die Reihe: "Wladimir Wladimirowitsch Knutin."

Und schließlich der Hahn, den Heftling sagen ließ: "Cara Angelina. Du mich nicht angucke, als ob du mich nicht kenne. Ich deine ergebene Silvio."

Daraufhin meinte Rautel zu Heftling: "Also dann, Walter. Los geht's."

Sie zeigte mit einem Finger auf den Hahn: "Was machen denn die dringend nötigen Reformen in Italien, Silvio? Kannst du vielleicht ein paar Fortschritte vermelden?"

Heftling antwortete für den Hahn: "Oh, du nicht blicke so streng. Du wisse, wir hier seie in die Krise von die Regierung. Vielleicht ich sogar müsse zurücktrete. Aber das jetzt nicht mehr seie so schlimm. Denn jetzt Hollywood mich mache zu die Held von eure Wiedervereine. Also mein Platz in die

Geschichte seie sicher. Aber vielleicht ich doch nicht könne zurücktrete, weil ich dir noch müsse helfe bei andere Dinge, abgesehe von Wiedereine?"

Rautel seufzte: "Ach, Silvio, das Ganze ist doch nur ein Roman. Aber wie wäre es, wenn du nicht mehr so viel Staatsverschuldung anhäufen würdest?"

Mit betretener Stimme antwortete der Hahn: "Oh, cara Angelina. Ich tue leid. Da ich nicht könne helfe. Das seie nicht Teil von die Romane. Vielleicht Boris Baller schreibe zweite Band? Dann alles isse möglich. Auch wenige Schulde in Italia. Isse doch wirklich eine Tausendsassa diese Baller. Schade, dasse keine Italiano."

Rautel seufzte: "Ach, Silvio, was würden wir nur ohne dich machen?"

Der Hahn erwiderte: "Keine Ahnung. Wenige Schulde?"

Rautel schlug die Hände vors Gesicht. Dann blinzelte sie zwischen den Fingern hervor: "Und du meinst wirklich, Walter, ich muss auf Derartiges gefasst sein?"

Heftling zuckte mit den Schultern: "Kann man es denn ausschließen?"

Rautel zeigte nun mit dem Finger auf den Tiger: "Also, Wladimir, wie man mir sagt, gibt es noch viel ungenutztes Potential im Handel zwischen Russland und Deutschland. Sollen wir vielleicht ein paar neue Verträge schließen?"

Heftling ließ den Tiger antworten: "Und was sollen wir liefern? Noch mehr Erdgas?"

Rautel erwiderte: "Nun ja, jetzt wo wir alle anderen Kraftwerke abschalten, die Energiewende aber dennoch kaum vorankommt, könnte das durchaus nützlich sein."

Der Tiger antwortete: "Aber denk nur nicht, Angela, dass ich es euch so leicht mache, wie es mir Boris Baller für seine

Fassung der deutschen Einheit angedichtet hat. Ich werde bestimmt nicht mit Belladonni pokern, nur damit ihr billig an mein Erdgas kommt."

Rautel räumte ein: "Ich habe mir schon gedacht, dass dir der Roman von Boris Baller nicht gefällt."

Der Tiger entgegnete: "Was denkt sich dieser Tennis-Schnösel? Ich verpokere doch nicht einfach Teile meines Imperiums. Dass die Sowjetunion die Deutsche Demokratische Republik beim Pokern verloren hat, ist nichts weiter als üble Verleumdung. Derartigen Humbug kann ich nicht akzeptieren. Ich bin zwar nicht der Staatschef der Sowjetunion, leider, aber immerhin der Präsident Russlands. Also, Angela, tu etwas gegen diese verqueren Verunglimpfungen!"

Rautel erwiderte: "Viel kann ich dagegen aber nicht machen. Dass Boris Baller einen Roman schreibt und Steven Vielwerk ihn verfilmen will, ist durch die Meinungsfreiheit in Deutschland gedeckt."

Der Tiger schnaubte: "Nun, red mir nicht schon wieder von Menschenrechten! So ein Unfug. Ich kann es wirklich nicht mehr hören. Wenn du, Angela, nichts gegen den Film unternehmen magst, dann muss ich das wohl selbst in die Hand nehmen."

Rautel fragte irritiert: "Wie darf ich das denn bitte verstehen?"

Der Tiger sagte nur: "Pah!" Und Heftling drehte Rautel das Hinterteil des Stofftiers zu.

Rautel sah zu Heftling und fragte: "Das Gespräch mit Knutin ist damit also beendet?"

Heftling musterte den Tiger und erwiderte: "Ich denke schon."

Also wandte Rautel sich an den Löwen: "Barack, meine

letzte Hoffnung, wie schön, das wenigstens wir beide gute Freunde sind."

Heftling antwortete für den Löwen: "Natürlich sind wir gute Freunde. Aber, Angela, unter Freunden teilt man sich die Arbeit. Die Vereinigten Staaten können die vielen Probleme auf der Erde nicht alleine lösen. Es wäre schön, wenn Europa mehr leisten würde für den globalen Frieden und Fortschritt."

Rautel entgegnete: "Wir haben aber in Europa zu viele eigene Probleme, als dass wir die Welt retten könnten. Du weißt: Griechenland, Spanien, Italien . . ."

Der Löwe erwiderte: "Liebe Angela, du musst an einer umfassenderen Perspektive arbeiten. Schau! Habe ich dir gegenüber schon jemals über Idaho, Tennessee oder Texas geklagt? Mit deiner einen Hand kannst du ja, von mir aus, Europa in Ordnung bringen, aber deine andere Hand brauchen wir, damit wir uns gemeinsam um die echten Probleme kümmern können."

Rautel entgegnete: "Ich habe aber mit Europa schon beide Hände voll zu tun."

Der Löwe blieb hartnäckig: "Meinst du wirklich, die Menschheit wird es dir danken, wenn du Griechenland mehr Aufmerksamkeit schenkst als Russland, China und Arabien?"

Rautel sah stumm auf den Löwen, seufzte leise auf, dann blickte sie zu Heftling: "Okay, Walter, betrachten wir die Terminvorbereitung als abgeschlossen. Ich glaube, ich bin jetzt im passenden Modus für das Treffen. Ich befürchte, wenn wir unser Spielchen weiter fortsetzen, sage ich meine Teilnahme an dem Gipfel ab."

Rautel und Heftling saßen sich eine Weile schweigend gegenüber, dazwischen die drei Stofftiere auf dem Schreibtisch.

Schließlich meinte Rautel: "Danke Walter, dass du diese Stofftiersitzungen immer wieder zusammen mit mir durchziehst. Ich finde, diese Rollenspiele sind eine gute Vorbereitung für mich. Und du machst das wirklich sehr überzeugend.

Dann bring die drei Süßen jetzt erst mal wieder zurück in ihren Käfig."

Rautels Bürochef verschwand mit den Stofftieren im Arm wieder ins Vorzimmer. Dort öffnete er die Vitrine mit den Milchglasscheiben und setzte den Löwen, den Tiger und den Hahn behutsam neben ein Käuzchen. Dann machte er die Vitrine wieder zu, nicht ohne sich im Stillen zu fragen, welche Stofftiere wohl als Nächste zum Einsatz kommen würden.

Angela Rautel reiste also zu dem Gipfeltreffen nach Rom. Auf dem Weg dorthin blätterte sie im Flugzeug in Boris Ballers Roman *Die Kanzlerin der Einheit*. Zu den außenpolitisch heiklen Szenen des Buches gehörten die Pokerrunde in Belladonnis Villa auf Sardinien, bei der Knutin Ostdeutschland an den Westen verzockt, und die Fernsehansprache, bei der Nolama die finanzielle Unterstützung Amerikas für die deutsche Einheit mit der Aussicht auf eine anständige Krankenversicherung für die Ostdeutschen begründet. Und die Schlussszene mit Knutin im Bad war sicher auch nicht ganz ohne. Ansonsten entdeckte Angela Rautel bei ihrer groben Durchsicht der Handlung eher innenpolitisch als außenpolitisch Brisantes. Rautel missfiel insbesondere auch das Wahlergebnis, zu dem es Boris Baller in seinem Buch bei der ersten Bundestagswahl nach der Wiedervereinigung kommen ließ. Aber dieser Aspekt würde wohl keinen ihrer Gesprächspartner in Rom stören.

Was Boris Ballers Buch und das internationale Interesse daran anging, verlief der Gipfel allerdings anders, als Rautel im Vorhinein befürchtet hatte. Belladonni fühlte sich durch den Roman und seine Rolle darin als Wegbereiter der deutschen Wiedervereinigung offenbar eher geschmeichelt als auf den Arm genommen und lobte das Buch überschwänglich. Und Nolama und Knutin hatten für den Roman kein einziges Wörtchen übrig. Bei Nolama vermutete Rautel, dass es daran lag, dass er sie schlecht für ein amerikanisches Filmprojekt kritisieren konnte. Bei Knutin, der sonst keine Gelegenheit ausließ, seinen Unwillen über alles und jeden zum Ausdruck zu bringen, war Rautel aber doch überrascht, dass von ihm keine Beschwerden über den Roman und dessen Verfilmung kam. Dass Knutin im Hinblick auf das Filmprojekt längst andere Pläne hegte, konnte Angela Rautel schließlich nicht wissen.

So ging das Gipfeltreffen seinen gewohnten Gang. Alle Teilnehmer verfolgten vehement ihre nationalen Interessen. Alle zerrten in unterschiedliche Richtungen. Und am Ende gab es, wie immer, einen Minimalkompromiss und eine vollmundige, aber inhaltlich dürftige und völlig unverbindliche Abschlusserklärung.

Zurück in Berlin ließ Rautel den Gipfel zusammen mit ihrem Bürochef Walter Heftling Revue passieren. Dass Belladonni keine Reformen in Italien vorweisen konnte und Nolama Rautel zur Übernahme größerer internationaler Verantwortung ermahnt hatte, hatten sie jedenfalls bei ihrem Spiel mit den Stofftieren richtig vorhergesehen.

Und dazu, dass Knutin trotz seiner allgemeinen Übellaunigkeit keinen Seitenhieb auf Boris Ballers Roman eingeschoben hatte, meinte Heftling: "Knutin weiß vermutlich, dass es nicht in deiner Macht steht, den Film zu verhindern. Aber was sagte der Tiger doch gleich in unserer Vorbesprechung: Wenn du, Angela, nichts gegen den Film unternehmen magst, dann muss ich das wohl selbst in die Hand nehmen."

Rautel nickte: "Stimmt. Das hast du den Stofftiger sagen lassen. Meinst du etwa, man sollte Stofftiere ernst nehmen?"

Heftling erwiderte: "Aber sicher. Sonst solltest du dir vielleicht einen neuen Bürochef suchen."

Daraufhin meinte Rautel lächelnd: "Keine Sorge, Walter. Natürlich nehme ich deine tierischen Darbietungen ernst. Aber du möchtest mir doch wohl nicht nahelegen, den Bundesnachrichtendienst darüber in Kenntnis zu setzen, dass ein Stofftiger erklärt hat, dass er in seiner Eigenschaft als Wladimir Knutin ein Komplott gegen die Verfilmung von Boris Ballers Roman *Die Kanzlerin der Einheit* plant?"

Heftling antwortete: "Nein, ich glaube, das lassen wir besser."

Rautel und Heftling mussten lachen.

16. Kapitel
November 2011 in Moskau

Der Zweitbeste

Knutin war längst zurück im Kreml. Er hatte einen schlechten Vormittag gehabt, und dann war beim Mittagessen auch noch sein Premierminister zugegen gewesen und hatte irgendetwas von Reformen und Modernisierung geschwafelt.

Und nun musste Knutin auch noch an dieses elende neue

Filmprojekt von Steven Vielwerk denken. Er war sauer: "Diese ganzen Klugscheißer. Warum schert sich eigentlich niemand um meine Würde, bei der es sich immerhin um die Würde des russischen Präsidenten handelt? Ich bin doch keine Witzfigur. Ich lasse mich nicht gleichzeitig zum unwilligen Reformer, zum miesesten Zocker aller Zeiten und zur geizigsten Ente der Welt stempeln. Langsam wird es mir zu bunt. Ich muss etwas dagegen unternehmen."

Knutin rutschte auf seinem Sessel hin und her und rief durch seinen riesigen Bürosaal im Kreml in Richtung seines Vorzimmers: "Schafft mir den besten Agenten her. Aber zack, zack!"

Noch am selben Abend war ein Agent zur Stelle. Nachdem dieser zackig in Knutins Büro hineinmarschiert war, blieb er wie angewurzelt vor dem Schreibtisch des Präsidenten stehen und salutierte.

Knutin war noch immer schlecht gelaunt und knurrte: "Ah, endlich. Und wie heißen Sie?"

Der Agent antwortete: "Offiziell nennt man mich den Barracuda."

Da man es Knutin an diesem Tag ohnehin nicht recht machen konnte, reagierte er gereizt auf diese Auskunft: "Und wie heißen sie dann bitte inoffiziell?"

Der Agent antwortete: "Inoffiziell laufe ich unter dem Namen Schirmchen."

Knutin war leicht verdutzt und fragte: "Wie passt das denn zusammen? Der Barracuda und das Schirmchen?"

Der Agent erwiderte: "Mein Spezialgebiet sind Cocktails. Und Sie wissen ja: In jedem guten Cocktail steckt ein Schirmchen."

Nach kurzem Schweigen kam von Knutin leicht unwillig:

"Ich denke, ich verstehe. Die Cocktails, die Sie mischen, haben also eine durchschlagende Wirkung. Aber haben Sie vielleicht auch einen bürgerlichen Namen?"

Der Agent zögerte kurz. Dann antwortete er: "Meinen bürgerlichen Namen kann ich Ihnen nicht einfach so nennen. Er ist geheim."

Da Knutin sich an diesem Tag ohnehin von allen Seiten in seiner Autorität missachtet fühlte, sah er in dieser Antwort nur ein weiteres Zeichen von Respektlosigkeit. Also fragte er unwirsch: "Und Sie sind der Auffassung, dass diese Geheimhaltung auch gegenüber dem russischen Präsidenten gilt?"

Der Agent erwiderte: "Zumindest gibt es meines Wissens im Diesseits niemanden, der meinen bürgerlichen Namen erfahren und danach noch mehr als einen Cocktail getrunken hat."

Knutin ließ die Aussage auf sich wirken. Dann sagte er ungeduldig: "So, so. Und wenn ich Sie nun weder Barracuda noch Schirmchen nennen will und mir auch den Genuss weiterer Cocktails nicht verbauen möchte, hätten Sie dann vielleicht irgendeinen Namen im Angebot, mit dem ich Sie anreden könnte?"

Der Agent erwiderte: "Nennen Sie mich einfach Dimitri."

Gleichzeitig entnervt und erleichtert rief Knutin: "Ach, so einfach geht es also auch?"

Dimitri erwiderte trocken: "Sicher. Als Topagent passe ich mich selbstverständlich stets den Wünschen meines Auftraggebers an."

Knutin seufzte: "Und Sie sind also der Beste?"

Diese Frage brachte nun allerdings Dimitri leicht aus dem Konzept. Verunsichert fragte er zurück: "Hatten Sie denn um den Besten gebeten?"

Knutin bekräftigte: "Ja, das hatte ich."

Dimitri versuchte, dies mit seinem eigenen Wissensstand in Einklang zu bringen: "Ah so, nun ja, wenn Sie um den Besten gebeten hatten, dann muss ich wohl inzwischen der Beste sein. Vor ein paar Wochen war ich noch der Zweitbeste. Aber der Chef schickt Ihnen sicher nicht den Zweitbesten, wenn Sie um den Besten gebeten haben. Das heißt dann wohl, dass der Beste nicht mehr verfügbar ist. Und damit meine ich jetzt natürlich nicht mich, sondern meinen Vorgänger in dieser Funktion."

Knutin rollte mit den Augen und fragte: "Was könnte Ihrem Vorgänger denn widerfahren sein?"

Dimitri antwortete: "Dazu habe ich keine Informationen. Vielleicht ist er verschollen oder tot oder gar beides zugleich. Ich finde ja, verschollen und tot zu sein, ist deutlich unangenehmer als nur verschollen oder nur tot zu sein. Stellen Sie sich vor, Sie sind tot und wissen nicht einmal, wo Sie sind. Gruselig.

Wenn man erst mal der Beste ist, muss man aber natürlich mit dem Schlimmsten rechnen. Ganz zu schweigen davon, dass es die Lebenserwartung beträchtlich verkürzt, der Beste zu sein. Mit mehr als drei Monaten darf man dann kaum noch rechnen. Wenn man der Beste ist, kann man zwar eigentlich nur noch an sich selbst scheitern. Aber das kann man dann dafür um so spektakulärer.

Mein Vorgänger hieß ja offiziell "die Natter". Aber inoffiziell lief er nur unter dem Namen "das Winkelchen", weil es oft so schien, als könne er auch um Ecken schießen. Vielleicht hat er sich bei seinem letzten Einsatz selbst übertroffen und um mehr Ecken geschossen als je zuvor, dabei aber übersehen, dass er selbst hinter der letzten Ecke stand. Das wäre jetzt zumindest meine Theorie.

Aber ich bin ja kein Theoretiker, sondern Topagent. Also kann ich mich mit meiner Theorie auch irren. Vielleicht ist die Natter ja auch auf andere Weise unter die Räder geraten."

Als Dimitri mit seinem Vortrag fertig war, atmete Knutin erst einmal tief durch. Die weitschweifigen Ausführungen seines Topagenten hatten ihn aber insofern in seinem Selbstverständnis bestätigt, als dass er es eindeutig besser fand, dass er selbst und nicht etwa Dimitri russischer Präsident war. Innerlich ein wenig besänftigt sagte er also: "Wie Sie meinen. Ich kann Sie jedenfalls beruhigen. Der Auftrag, den ich für Sie habe, wird für Sie nicht allzu tödlich sein."

Dimitri erwiderte: "Ja, das heißt es am Anfang immer. Und nachher steckt man doch wieder mitten im Salat. Was darf es denn diesmal sein? Soll ich wieder eine abhanden gekommene russische Atombombe aus Kamikasistan zurückholen wie letztes Mal?"

Knutin seufzte: "Erinnern Sie mich bloß nicht an diesen Schlamassel. Wie gut, dass wir das wieder in Ordnung gebracht haben. Und Sie waren also bei dem Einsatz beteiligt?"

Dimitri gab zurück: "Ich habe den Terroristen einen meiner Cocktails kredenzt. Der Rest war dann ganz easy."

Mehr wollte Knutin dazu aber nicht hören: "Beschäftigen wir uns nicht länger mit Keksen von gestern!"

Dann kam er zur Sache: "Also, passen Sie jetzt mal gut auf! Ihr neuer Auftrag lautet: Verhindern Sie den neuen Film von Steven Vielwerk! Diese lächerliche Verdrehung von Tatsachen durch diesen Tennis-Heini beschädigt mein Ansehen als russischer Präsident und darf keinesfalls in die Kinos kommen."

Dimitri salutierte: "Zu Befehl, Herr Präsident!"

Eine kurze Pause entstand. Schließlich fragte Knutin: "Und, schaffen Sie dass?"

Dimitri salutierte erneut: "Jawohl, Herr Präsident!"

Eine weiteres kurzes Schweigen trat ein, bis Knutin meinte: "Dann können Sie jetzt wegtreten."

Dimitri blieb allerdings wie angewurzelt stehen und fragte nach leichtem Zögern: "Gelten für diesen Einsatz irgendwelche Einschränkungen in der Wahl der Mittel? Habe ich die Lizenz zum Töten?"

Knutin überlegte kurz und stellte dann klar: "Nein, keine Lizenz zum Töten. Abgesehen davon können Sie aber machen, was Sie wollen. Und ich will es auch gar nicht wissen. Erledigen Sie einfach geräuschlos und erfolgreich Ihren Auftrag, Dimitri!"

Dimitris Augen weiteten sich ein wenig, dann schielte er vorsichtig nach weiteren Personen im Raum. Schließlich fragte er: "Wer ist Dimitri?"

Knutin fiel vor lauter Entsetzen der Unterkiefer herunter: "Ich dachte, Sie sind Dimitri."

Dimitri zuckte zusammen und erwiderte dann in militärischer Kürze: "Ach ja! Stimmt. Sie wollten ja einen Namen."

Dimitri salutierte erneut und verschwand.

17. Kapitel
November 2011 in Hollywood

Thanksgiving

Mitte November klingelte bei Arnold Hantelegger in Hollywood das Telefon. Sein Anwalt war am Apparat: "Arnie, ich habe Post bekommen. Es gibt gute Neuigkeiten. Erstens kommt das Schreiben von dem Produzenten der Waffe, mit der du Cynthia Vielwerks Kronleuchter von der Decke rasiert hast. Zweitens bitten sie darin vielmals um Entschuldigung für das eigenmächtige Verhalten der von ihnen produzierten Waffe. Und drittens bieten sie dir als Vergleich eine Million Dollar Schadenersatz und Schmerzensgeld."

Der Anwalt fuhr fort: "Eine Million ist zwar erstens nur die Hälfte von dem, was wir von dem Produzenten der Waffe haben wollen. Aber zweitens ist eine Million immerhin genau so viel, wie Cynthia von dir fordert. Nur ist drittens in einem solchen Szenario mein Honorar leider noch nicht beglichen.

Was sollen wir also jetzt tun? Wir können erstens den Vergleichsvorschlag des Waffenproduzenten annehmen und Cynthia unsererseits einen Vergleich über 700.000 Dollar anbieten. Oder wir können zweitens den Vergleich ablehnen und die vollen zwei Millionen einklagen, was uns vermutlich sogar gelingen wird. Oder wir können drittens den Vergleich annehmen, wenn der Waffenproduzent sein Angebot um Anwaltskosten von, sagen wir mal, 300.000 Dollar erhöht."

Nach kurzem Überlegen sagte Arnold: "Dann lass uns, von mir aus, die dritte Variante versuchen. Aber sag gefälligst bei deinen Verhandlungen dazu, es läge nicht an meiner Gier, sondern an deiner Gier! Soviel Ehrverzicht sollte in 300.000 Dollar schon enthalten sein."

Der Anwalt erwiderte: "Kein Problem. Meine Ehre bemisst sich allein nach der Höhe meiner Honorare." Und da dies auch die Wahrheit traf, lachte er sich fröhlich ins Fäustchen.

Und so kam es dann auch. Der Waffenproduzent erhöhte sein Vergleichsangebot um 300.000 Dollar, und Arnold Hantelegger nahm den Vergleich an.

Kurz darauf rief er bei Steven Vielwerk an und erklärte: "Deine liebe Cynthia verklagt mich doch auf eine Million Dollar Schadenersatz und Schmerzensgeld. Und nun hat der Produzent der Waffe, aus welcher der unselige Schuss abgegangen ist und den ich ja im Gegenzug verklagt habe, tatsächlich eine Million an mich gezahlt. Natürlich möchte ich jetzt auch gerne den Rechtsstreit mit Cynthia beenden, indem ich mich ihrer Forderung füge und die Million an sie weitergebe."

Zögerlich erwiderte Steven: "Ich bin zwar sicher, dass es Cynthia gewaltig wurmen wird, wenn du dich einfach in dieser Weise aus der Affäre ziehen kannst, ohne wirklich persönlich bluten zu müssen. Aber wenn du Cynthias Forderung erfüllen willst, kann sie sich wohl schlecht dagegen wehren."

Arnold erwiderte: "Meinst du denn, dass es irgendeinen Weg geben könnte, es so einzufädeln, dass die liebe Cynthia mir künftig auch wieder gewogen ist?"

Steven lachte nur kurz auf und erwiderte: "Cynthia und Gnade, das sind zwei Paar Schuhe!"

Arnold entgegnete: "Das ist mir zwar irgendwie klar. Aber

dich hat sie doch auch noch nicht gekreuzigt."

Daraufhin meinte Steven nur trocken: "Ich habe auch noch nie auf sie geschossen."

Mit betretener Stimme erwiderte Arnie: "Es tut mir ja auch wirklich leid. Was für ein elendes Missgeschick. Aber was soll ich denn nun tun um des lieben Friedens willen?

Ich habe schon überlegt. Nächste Woche ist doch Thanksgiving. Wollt ihr beiden nicht vielleicht zu mir zum Festmahl kommen? Und ich stopfe die Million als Goldmünzen in den phänomenalsten Truthahn aller Zeiten und Cynthia darf ihn zerlegen. Von mir aus lasse ich dem Truthahn auch noch "Arnie" auf die Flügel schreiben. Das muss ihr Herz doch erweichen. Ich singe auch noch ein Liedchen dazu."

Steven spürte Arnies aufrichtiges Bemühen um einen Friedensschluss mit Cynthia und sagte schließlich: "Ich weiß ja nicht, warum ich das auf mich nehme, aber ich werde sehen, was sich machen lässt."

Abends sprach Steven Vielwerk also mit seiner Frau und schilderte ihr das Flehen und den Vorschlag von Arnold Hantelegger. Innerlich rechnete er mit massivem Protest seiner Frau. Aber zu seiner Überraschung war Cynthia milde gestimmt.

Sie sagte: "Wenn er die Million zahlt und dazu noch ein Liedchen singt und ich den Truthahn tranchieren darf, nun ja, also von mir aus können wir dann zu Arnies Thanksgiving gehen. Und ich verspreche auch, den Truthahn und nicht Arnie zu zerlegen."

Steven war erleichtert. In etwas schärferem Tonfall fügte Cynthia allerdings noch hinzu: "Wenn Arnie es allerdings wagen sollte, jemals wieder auf unser Grundstück zu schießen, dann erschlage ich ihn eigenhändig, oder wir fordern mindestens die zehnfache Summe von ihm."

Um kein Öl ins Feuer zu gießen, murmelte Steven nur: "Einverstanden."

Da Cynthia offensichtlich grundsätzlich bereit war, den Abschuss des Kronleuchters zu den Akten zu legen, fasste sich Steven ein Herz und unterbreitete Cynthia seinen schon länger gehegten Plan, die Rolle des Silvio Belladonni mit Arnold Hantelegger zu besetzen. Schließlich fügte er an: "Dann könnte er vielleicht anstelle einer Gage die Million vom Waffenhersteller behalten, und er müsste eher symbolisch büßen."

Cynthia sah ihrem Mann in die Augen. Ihr Blick begann, sich zu verfinstern. Und Steven fürchtete schon, die nächste Nacht im Hotel verbringen zu müssen. Als Cynthia die blanke Panik in Stevens Gesicht registrierte, musste sie dann allerdings lachen: "Steven, du bist ein ganz übler, hinterlistiger Schlingel. Das planst du doch jetzt schon seit Wochen, nicht wahr? Ich werde fast erschossen, und du denkst nur an die Besetzung deiner Rollen. Und ich braves, naives Lämmlein habe keinen Schimmer und tappe in deine Falle. Aber ich muss ja zugeben, das war gerissen. Das hätte glatt von mir sein können."

Sie machte eine kurze Pause und signalisierte dann ihre Zustimmung zu Stevens Plan, wobei sie jedoch klarstellte: "Auf das Liedchen von Arnie verzichte ich aber unter gar keinen Umständen."

Erleichtert sagte Steven: "Dann werde ich also unsere Bedingungen an Arnie weitergeben. Und wenn er zustimmt, lassen wir uns an Thanksgiving von ihm bewirten und er muss dafür den Truthahn auch nicht mit Gold stopfen?"

Cynthia gab ihr Okay.

Tags darauf telefonierte Steven Vielwerk also erneut mit Arnold Hantelegger. Als er ihm den Weg zum Frieden beschrieben hatte, war Arnold sehr erleichtert. Arnold erklärte sich also bereit, in der Verfilmung von Boris Ballers Roman *Die Kanzlerin der Einheit* die Rolle des Silvio Belladonni zu übernehmen und auf eine explizite Gage zu verzichten. Und er versprach, Cynthia bei der Thanksgiving-Party ein Ständchen zu singen.

Damit der Friedensschluss zwischen Cynthia und Arnold nicht doch noch schief laufen würde, betonte Steven nachdrücklich: "Dir ist hoffentlich klar, dass dein Lied für Cynthia wirklich ein Knüller sein muss. Nicht einfach nur drei Silben müdes Gekrächze. Je besser du das machst, desto mehr Gnade wirst du bei Cynthia finden."

Arnold erwiderte: "Das ist mir absolut klar. Mach dir deswegen keine Sorgen."

Eine Woche später gingen Cynthia und Steven Vielwerk also an Thanksgiving abends hinüber zu ihrem Nachbarn Arnold Hantelegger.

Insgesamt war nur gut ein Dutzend Gäste versammelt, aber diese stammten handverlesen aus der Prominenz in Politik und Show-Business.

So galant wie möglich bat Arnold Cynthia, zu seiner Rechten Platz zu nehmen. Und um bei ihr nur ja kein Unbehagen aufkommen zu lassen, erklärte er: "Ich hoffe, es ist dir recht, dass es erst die Vorspeise gibt und danach den Gesang."

Cynthia nickte, und eine Salatkomposition des Sternekochs, der für diesen Abend Arnolds Küche übernommen hatte, wurde serviert. Alle plauderten und genossen das Essen, nur Cynthia zog es vorerst vor zu schweigen.

Schließlich wurde das Geschirr für die Vorspeisen abgeräumt, und der große Moment war gekommen. Arnold gab einen Wink, und eine Kappelle in Alpen-Tracht marschierte herein und baute sich auf einem kleinen Podest neben der Festtafel auf. Arnold stellte sich vor die Musiker und bekam ein Mikrophon in die Hand. Das Mikrophon wäre zwar nicht wirklich nötig gewesen, aber Arnold wollte keinesfalls den Vorwurf riskieren, er habe nicht laut genug gesungen.

Die Kapelle begann mit einem zünftigen Vorspiel, und dann intonierte Arnold seine in schlafloser Nacht von ihm selbst verfasste ruhig dahinfließende Ballade:

> Es war bei Berges Gipfeln,
> ganz nah bei vielen Wipfeln,
> da sah ein Bub das Licht auf Erden,
> und Cynthias Nachbar wollt' er werden.

Alle hörten gebannt zu. Dass Arnolds Talente nicht im Bereich des Gesangs lagen, war zwar nicht zu überhören, aber gute Absicht war eindeutig erkennbar.

Nachdem die erste Strophe verklungen war, hob die Kapelle an zu einem Zwischenspiel. Und als dies beendet war, sang Arnold weiter:

> Nach großer Müh und kaum ein Päuschen,
> da zog er hier in dieses Häuschen.
> Und sogar Cynthia ließ es zu,
> man war fortan auf du und du.

Ein weiteres Zwischenspiel folgte, bis Arnold mit Dramatik in der Stimme ausrief:

Doch da:
Ein Schuss, ein Schrei!
Die Liebe war entzwei!

Die Kapelle gab unter Einsatz aller zur Verfügung stehenden Mittel einen akustischen Scherbenhaufen zum Besten, und Arnold setzte an zur letzten Strophe:

Nun blieb ihm nichts als leis' zu flehen:
Mag Cynthia ihn denn nochmals sehen?
Und aller Hoffnung war er bar,
doch welch ein Glück, da ist sie ja!

Und mit diesen Worten wies Arnold mit ausgestrecktem Arm und flehendem Blick auf Cynthia. Und so verharrte er, während die Musiker mit kurzem Finale zum Beifall der Gäste überleiteten.

In diesem Moment öffnete sich die Tür des Speisezimmers, und der mit Funken sprühenden Wunderkerzen gespickte Truthahn wurde hereingetragen.

Arnold ging zu Cynthia hinüber und reichte ihr das Tranchiermesser. Erst wies er mit seiner einen Hand auf sein Herz und dann mit seiner anderen Hand auf den Truthahn: "Liebe Cynthia, nun hast du die Wahl. Mein Herz oder der Truthahn!"

Cynthia erhob sich von ihrem Stuhl, gab Arnold ein flüchtiges Küsschen auf die Wange, nahm das Messer und sagte: "Ich denke, ich werde den Dolch doch lieber gegen den Truthahn und nicht gegen den Gastgeber richten. Schließlich gibt es an Thanksgiving üblicherweise einen Truthahn und keine Schweinerei."

Nicht nur Arnold fiel ein Stein vom Herzen, als er sah,

dass Cynthia offenkundig Gnade walten ließ. Auch Steven war sehr erleichtert.

Die anderen Gäste fanden ebenfalls, dass Arnolds Auftritt in seiner grobschlächtigen Herzlichkeit durchaus überzeugend gewesen war. Steven nahm sich daher vor, für Arnold auch in dessen Rolle als Silvio Belladonni eine Gesangseinlage einzuplanen. Er dachte: "Da die Italiener doch ohnehin so sangesfroh sind, gilt das gewiss ebenso für Silvio Belladonni. Und Arnie wird sich wohl oder übel in die Rolle fügen müssen."

Cynthia tranchierte den Truthahn mit der ihr eigenen Entschlossenheit und Beherztheit und verteilte die einzelnen Teile an die anwesenden Gäste. Und so nahm der Thanks-giving-Abend daheim bei Arnold Hantelegger einen sehr harmonischen Verlauf.

Mit einem Löffel Schoko-Dessert im Mund nahm Cynthia sich schließlich vor, zumindest bis zu weiteren Grenzverlet-zungen keinen Groll mehr gegen Arnold zu hegen. Nur dass unter ihrer Wohnzimmerdecke immer noch kein neuer Kronleuchter hing, konnte sie dabei nicht völlig verdrängen.

18. Kapitel
Dezember 2011 in Washington

Ein Deal

Cynthia und Steven Vielwerk hatten für den zweiten Advent eine Einladung ins Weiße Haus erhalten. Steven vermutete sofort, dass seiner Frau und ihm die Ehre der Einladung zu diesem großen Empfang nicht einfach grundlos zuteil wurde, sondern dass Nolama vermutlich irgendein Anliegen haben würde.

Zusammen mit Cynthia rätselte Steven: "Was will der Präsident denn wohl von uns?"

Cynthia erwiderte: "Nächstes Jahr im November sind doch wieder Präsidentschaftswahlen. Vielleicht will Nolama ja, dass du ihn unterstützt. Ich würde mich nicht wundern, wenn er dich bitten würde, ein paar Fernsehspots für seinen Wahlkampf zu drehen.

Ich glaube, ich könnte sogar ein paar Ideen dazu beisteuern. Wie wäre Folgendes? Nolama stellt sich im Yellowstone Nationalpark neben irgendeinen Geysir und verkündet mit Fingerzeig auf die kochende Brühe und ganz viel Pathos in der Stimme, die Erderwärmung sei unfair, denn man müsse auch die Erdmännchen vor der Erderwärmung schützen.

Oder eine andere Variante: Nolama wirft vor der Freiheitsstatue eine Taube in die Luft und verspricht, er werde auch dem Weltall Frieden bringen.

Oder noch ein anderes Szenario: Nolama lässt sich von einem Pandabären aus der Hand fressen und erzählt dabei irgendetwas von der Liebe zwischen Chinesen und Amerikanern."

Lachend unterbrach Steven seine Frau: "Ist ja gut, Cynthia, ist ja gut. Du hast deinen Standpunkt klar und deutlich gemacht. Falls Nolama also wirklich Werbespots von mir haben will, sage ich ihm, er solle einfach die Details mit dir besprechen. Dann wird er schon von einem derartigen Ansinnen Abstand nehmen.

Ich vermute ja eher, dass Nolama eine schöne, saftige Spende für seinen Wahlkampf oder irgendeinen guten Zweck haben will. Wie viel sollen wir denn dann geben?"

Cynthia erwiderte: "Nun ja, das kommt ganz auf den Zweck der Sammlung an. Für Schlammtöpfe im Yellowstone Nationalpark, Tauben vor der Freiheitsstatue oder Pandabären jedenfalls nicht mehr als zehn Cent."

Da Cynthia offenbar nicht zu sachlicher Antwort bereit war und lieber schon einmal ihre republikanische Rüstung richtete, fragte Steven mit gespielter Besorgnis: "Ich muss aber am zweiten Advent nicht mit irgendeinem Eklat rechnen? Präsident von Regisseursgattin zu Boden gerungen?"

Ein wenig schnippisch erwiderte Cynthia nur: "Nun ja, wir werden sehen."

Schmunzelnd erwiderte Steven: "Dann bin ich ja beruhigt. Dürfte ich dich denn vielleicht bitten, mit dem Präsidenten das Geschäftliche zu besprechen, und ich übernehme es, bei Michelle Schönwetter zu machen?"

Cynthia nickte. Es schien ihr allemal besser, zumindest unter jedwedem ökonomischen oder politischen Blickwinkel, wenn sie mit dem Präsidenten dessen Wünsche verhandeln würde und nicht ihr allzu gutherziger Ehemann, bei dem sie sich manchmal nicht einmal sicher war, ob er denn auch wirklich immer die Republikaner wählte.

Am zweiten Advent flogen die Vielwerks also nach Washington und ließen sich dort in einem Taxi vom Flughafen zum Weißen Haus kutschieren.

Als sie den Festsaal betraten, stellten sie fest, dass zu dem Empfang beim Präsidenten etwa vierzig Personen geladen waren. Und damit die Chance gewahrt blieb, dass Nolama mit möglichst vielen Gästen sprechen konnte, war die Anzahl der Sessel so bemessen, dass immer auch einige Gäste stehen mussten und somit kontinuierlich Bewegung im Geschehen blieb.

Steven bemühte sich, einem Gespräch mit Nolama vorläufig aus dem Weg zu gehen in der Hoffnung, dass Nolama dann zunächst mit Cynthia plaudern würde.

Und so kam es auch. Noch bevor eine halbe Stunde vergangen war, fand sich Nolama neben Cynthia ein. Lächelnd dachte sie: "Sieh an, sieh an, der Präsident hat offenbar wirklich einen dringenden Wunsch, der heute Abend keinesfalls unter den Tisch fallen soll."

Nolama begann: "Hallo Cynthia, wie schön, dass Sie und Ihr Mann kommen konnten. Wie geht es Ihnen denn? Ich habe gehört, Arnold Hantelegger hätte Sie beinahe in die ewigen Jagdgründe befördert. Haben Sie beide sich denn inzwischen wieder versöhnt?"

Cynthia antwortete: "Er hat mir ein so schön schräges Ständchen gesungen, da ließ sich sogar mein Herz erweichen."

Nolama fragte: "Und am 1. Januar veranstalten Sie mit Ihrem Mann wieder die legendäre Vielwerksche Neujahrsparty? Vielleicht gelingt es mir ja, irgendwann auch einmal vorbeizukommen."

Cynthia sah Nolama kalt lächelnd in die Augen und erklärte: "Die Party findet statt wie jedes Jahr. Aber sie ist nur für geladene Gäste."

Für den Bruchteil einer Sekunde fragte sich Nolama, ob er Cynthias Aussage wohl richtig verstanden hatte, dann gab er mit seinem breitesten Lächeln zurück: "Ohne Einladung würde ich es selbstverständlich nicht wagen."

Da Cynthia weder Lust hatte, dem Präsidenten nun eine pauschale Einladung für alle Zukunft auszusprechen, noch mit allzu dümmlicher Plauderei fortzufahren, gab sie sich einen Ruck und sagte: "Also, Mister President, kommen wir zum Geschäftlichen. Warum sind Steven und ich heute hier? Was wollen Sie denn von meinem Mann?"

Nolama zögerte kurz und meinte dann: "Nun ja, da wäre schon etwas bezüglich seiner Arbeit. Sollte ich das aber nicht besser direkt mit ihm besprechen?"

Cynthia entgegnete unmissverständlich: "Nein, ich bin heute Abend zuständig für das Verhandeln, Steven beschränkt sich auf das Plaudern. Verraten Sie mir also, was Ihnen auf dem Herzen liegt."

Nolama fügte sich und erwiderte: "Im nächstes Jahr im November sind ja wieder Präsidentschaftswahlen."

Cynthia erwiderte trocken: "Wir dachten uns schon, dass Ihre Einladung damit zu tun hat."

Nolama ging über diese Feststellung hinweg und erläuterte: "Ich möchte Stevens Film über die Neufassung der deutschen Wiedervereinigung ja nicht verhindern. Aber dass mir das Projekt nicht wirklich behagt, können Sie vielleicht verstehen. Ich möchte jedenfalls nicht, dass die Wähler in Amerika ernsthaft anfangen zu glauben, ich hätte Deutschland die amerikanischen Goldreserven überlassen, damit sich die Deutschen bei Wladimir Knutin die Wiedervereinigung erkaufen und die Ostdeutschen so endlich zu einer ordentlichen Krankenversicherung kommen. Da die Krankenversicherung in Amerika ohnehin so ein heißes Eisen ist, würde ich gerne vermeiden, dass die Wähler denken, ich wolle nun auch noch den Rest der Welt damit beglücken.

Kurz gesagt, ich würde mir wünschen, dass Stevens neuer Film nicht gerade in der Endphase des Wahlkampfs in die Kinos kommt, sondern erst nach der Wahl."

Das also war Nolamas Anliegen. Cynthia reagierte kühl: "Ah, ich verstehe. Das ist natürlich keine Kleinigkeit, was Sie sich da wünschen. Aber vielleicht lässt sich ja trotzdem etwas machen. Was würden Sie denn im Gegenzug bieten, damit wir den Kinostart verschieben?"

Nolama war ein wenig verdutzt. Eine derartige Gegenfrage hätte ihn nicht überrascht, wenn Cynthia der russische Präsident gewesen wäre. Aber eine solche Frage aus dem Munde einer Regisseursgattin zu hören, fand er doch reichlich kaltblütig.

Er beschloss aber, sich dies nicht anmerken zu lassen, und erwiderte im Tonfall eines Western-Helden: "Was fordern Sie denn?"

Cynthia überlegte kurz: "Ach, wissen Sie, eigentlich war es schon immer mein Traum, einmal meinen Fuß ins Oval Office zu setzen. Wie wäre es? Wir machen einen Abstecher in Ihr Büro, und ich darf mir dort ein kleines Souvenir aussuchen."

Auch wenn ihn die Sache mit dem Souvenir stutzig machte, schien Nolama doch ein vertretbarer Handel in Sicht zu sein. Er erklärte: "Selbstverständlich kann ich Ihnen gerne das Oval Office zeigen. Aber ich muss darauf hinweisen, dass manche Teile des Inventars dort von öffentlicher Relevanz und somit nicht als Souvenir geeignet sind."

Cynthia entgegnete: "Nun machen Sie sich mal nicht gleich ins Hemd, Mister President! Ich werde Ihnen schon nicht Ihr Sternenbanner wegnehmen. Vertrauen Sie mir einfach!"

Barack Nolama war zwar ein wenig irritiert, führte aber dann Cynthia Vielwerk durch die Flure des Weißen Hauses zum Oval Office.

Beim Betreten des Raumes verkündete er: "Also, hier ist es. Fühlen Sie sich ganz wie zu Hause, Cynthia. Mein Haus ist Ihr Haus."

Cynthia ließ zunächst den Gesamteindruck auf sich wirken. Ohne dass sie so recht hätte sagen können warum, fand sie den Anblick irgendwie edler als ihr eigenes Wohnzimmer in Hollywood.

Dann ging sie dazu über, ihre Blicke über die Wände des Oval Office schweifen zu lassen und meinte schließlich: "Ist dieses geschmackvolle Gemälde dort etwa ein echter Gainsborough?"

Nolama schluckte und erwiderte: "Ich fürchte schon."

Zu seiner Erleichterung wanderte Cynthias Blick weiter, bis sie zur Decke sah und den Kronleuchter musterte: "Hat man Ihnen denn auch erzählt, dass Arnold Hantelegger unseren Kronleuchter abgeschossen hat. Wir sind immer noch auf der Suche nach einem Neuen. Dieser hier würde, glaube ich, ganz gut passen."

Beim Kronleuchter war Barack Nolama zumindest insofern etwas ruhiger, als dass er ihm leichter ersetzbar erschien als ein echter Gainsborough.

Dann ging Cynthia auf Nolamas Schreibtisch zu, zeigte auf ein Gerät und fragte: "Und was haben wir hier?"

Nolama erläuterte: "Das ist das Rote Telefon, mit dem ich im Notfall unmittelbar mit meinem russischen Amtskollegen Wladimir Knutin sprechen kann."

Cynthia umrundete den Schreibtisch und setzte sich auf den Sessel des Präsidenten: "Oh, der ist aber bequem."

Nolama, dem durchaus klar war, dass Cynthia beschlossen hatte, ein Spielchen mit den präsidialen Nerven zu spielen, murmelte in etwas nüchternerem Tonfall: "Wenn Sie meinen."

Cynthia spürte, dass der Moment gekommen war, die Geduld von Nolama nicht über Gebühr zu strapazieren und nun zügig handelseinig zu werden. Noch auf dem Sessel des Präsidenten sitzend zeigte sie auf eine Golfausrüstung, die seitlich an der Wand lehnte: "Ist dieser Teil des Inventars auch von öffentlicher Relevanz?"

Nolama ahnte, dass Cynthia sich entschieden hatte, und erwiderte: "Die Gespräche bei einigen meiner Golfrunden waren zwar durchaus von öffentlicher Relevanz, von meiner Golfausrüstung als solcher kann man das aber wohl nicht behaupten."

Er fuhr fort: "Wenn also Stevens Fassung der deutschen Wiedervereinigung erst nach der Wahl in die Kinos käme, würde diese Golfausrüstung von nun an selbstverständlich Ihnen gehören."

Cynthia streckte Nolama ihre Hand entgegen und fragte: "Dann haben wir also einen Deal?"

Nolama war halbwegs erleichtert über den glimpflichen Ausgang dieser Charade. Er atmete einmal tief durch und schlug ein: "Wir haben einen Deal."

Cynthia erhob sich aus Nolamas Sessel. Und während Nolama zügig drei Schritte in Richtung einer Tür des Oval Office machte, erkundigte er sich: "Wollen Sie die Golfausrüstung denn jetzt direkt mitnehmen? Oder kann ich sie Ihnen nach Hollywood nachschicken?"

Cynthia zögerte kurz: "Nun ja, normalerweise würde ich sie ja sofort mitnehmen. Was man hat, das hat man. Aber wenn ich mit Ihrer Golfausrüstung in der Hand wieder zwischen den anderen Gästen erscheine, dann wäre dass vielleicht doch etwas unpassend. Andererseits, wenn ich meine Trophäe jetzt aus den Augen lasse, woher weiß ich, dass Sie mir das Original nach Hollywood senden? Wohlmöglich lassen sie mir dann einfach irgendeine Kopie schicken, und Sie spielen fröhlich mit diesen Schlägern weiter."

Ohne zu zögern, ging Nolama zu seinem Schreibtisch und kramte nach einem Stift. Dann griff er nach der Golfausrüstung und schrieb auf den Beutel: "Das Original! Mit den besten Wünschen für ein Hole-in-one für Cynthia von Barack!"

Er wandte sich an Cynthia und fragte: "Und, beseitigt das Echtheitszertifikat letzte Bedenken?"

Cynthia musterte den Schriftzug und lachte: "Keine weiteren Bedenken."

Cynthia Vielwerk und Barack Nolama verließen das Oval Office und gingen durch die Flure des Weißen Hauses zurück zum Festsaal.

Nolama fragte: "Verhandeln Sie immer so hart?"

Cynthia erwiderte mit ironischem Unterton: "Och, im Grunde bin ich ganz flauschig."

Nolama grinste: "Vielleicht wären Sie ja eine gute Verstärkung für meine Mannschaft hier in Washington. Wer weiß, was Sie hier alles möglich machen würden?"

Cynthia erwiderte aber nur: "Machen Sie sich da mal keine großen Hoffnungen, Mister President! Dass ich mich mit Ihrer Golfausrüstung begnüge, heißt noch lange nicht, dass ich Sie auch wähle."

Nolama entgegnete fröhlich: "Aber Cynthia, das können Sie mir doch nicht antun. Im Herzen sind Sie sicher gar nicht so eine eingefleischte Republikanerin, wie Sie tun."

Geistesgegenwärtig fügte er noch hinzu: "Sie wählen doch nicht etwa die Partei von Arnold Hantelegger?"

Obwohl ihr dies eher selten passierte, hatte Cynthia keine prompte Antwort parat, und die beiden kamen zurück zu den anderen Gästen.

Kurz darauf gesellte sich Cynthia scheinbar zufällig zu ihrem Mann und flüsterte ihm den Inhalt des Deals mit Nolama ins Ohr. Steven nickte nur leicht mit dem Kopf.

Ein Weile später stand dann Michelle Nolama neben Steven und sagte: "Barry erzählte mir gerade, Ihr neuer Film über Deutschland kommt im nächsten Jahr nach den Wahlen ins Kino. Mein Mann kommt ja auch darin vor. Wer soll ihn denn spielen?"

Welcher Schauspieler in der Verfilmung von Boris Ballers Roman *Die Kanzlerin der Einheit* die Rolle des Barack Nolama übernehmen sollte, war Steven allerdings selbst noch nicht klar. Auf gut Glück fragte er Michelle Nolama: "Hätten Sie denn einen besonderen Wunsch?"

Michelle Nolama überlegte kurz und sagte dann: "Wie wäre es mit Brad Hit?"

Der Vorschlag brachte Steven ein wenig ins Schleudern. Denn das Einzige, das ihm spontan in Anbetracht dieser Idee in den Sinn kam, war ein nicht ganz unwesentliches Hindernis. Aber das Thema Hautfarbe wollte er jetzt lieber nicht anschneiden.

Steven murmelte daher nur: "Interessanter Gedanke." Und dann lenkte er das Gespräch auf risikoloseres Terrain.

19. Kapitel
Dezember 2011 in Hollywood

Die einzige Chance

Nach einer Übernachtung in Washington flogen Cynthia und Steven Vielwerk zurück nach Los Angeles. Zwei Tage später klingelte es dort an der Haustür, und die vormals präsidiale Golfausrüstung wurde geliefert. Cynthia bestaunte ihre Trophäe, dann suchte sie dafür einen passenden Platz im Wohnzimmer. Und als der gefunden war, bat sie ihren Gärtner, auf dem Grundstück drei Greens zu präparieren.

Steven war unterdessen weiter unschlüssig, wen er als Besetzung für die Rolle des Barack Nolama nehmen sollte. Aber der Vorschlag von Michelle Nolama begann, sich in Stevens Kopf zu verselbstständigen.

In der Hoffnung, dass Brad Hit weder grundsätzlich noch terminlich für die Rolle zu haben sein würde und er diese Schnapsidee so aus seinem Kopf verbannen könnte, telefonierte Steven schließlich mit Brad.

Als er diesem unterbreitet hatte, welchen Floh ihm die First Lady ins Ohr gesetzt hatte, gab Brad nur ein "Hm" von sich.

Dann verging ein Moment, bevor Brad sich räusperte und meinte: "Nun ja, eine sonderlich naheliegende Besetzung für den ersten farbigen Präsidenten Amerikas bin ich wohl nicht gerade. Für einen guten Maskenbildner wäre das aber vermutlich lösbar. Und wenn der Vorschlag ernst gemeint sein sollte, dann ist das für mich wohlmöglich die einzige Chance, jemals

Barack Nolama darzustellen."

Nachdem Brad daraufhin in Schweigen verfallen war, fragte Steven: "Mit anderen Worten: Die Idee der First Lady ist ansteckend?"

Brad sagte nur: "Yepp."

Steven fragte: "Ich soll also mein Büro bitten, deinen Agenten zu kontaktieren, damit wir die Möglichkeit einer Zusammenarbeit klären?"

Brad wiederholte nur: "Yepp."

Und so kam es auf Michelle Nolamas Anregung hin tatsächlich dazu, dass Brad Hit für die Verfilmung von Boris Ballers Roman die Rolle des Barack Nolama übernahm.

In den Tagen vor Weihnachten arbeitete Steven dann weiter am Drehbuch für *Die Kanzlerin der Einheit*.

Die eigentliche Filmhandlung sollte mit Gregor Riesis Inspektion der innerdeutschen Grenzanlagen im Februar 2009 und dem ersten erlegten Hasen beginnen.

Steven hatte beschlossen, diesem Startschuss der eigentlichen Handlung einen Prolog in dokumentarischem Stil voranzustellen, so wie es auch Boris Baller in seinem Roman bereits getan hatte.

Dieser Prolog sollte den geänderten Verlauf der Weltgeschichte zwischen 1989 und 2008 präsentieren. Das Vorspiel sollte also davon berichten, wie Gorbichef 1989 in letzter Minute das Steuer herumriss und den Ostblock durch wirtschaftlichen Fortschritt, Lockerung der staatlichen Bevormundung und militärische Absicherung vor dem Zerfall bewahrte. Der Aufstieg von Angela Rautel zur westdeutschen Kanzlerin und von Gregor Riesi zum Staatschef der Deutschen Demokratischen Republik würde geschildert. Auch würden Wladimir Knutin als Staatschef der Sowjetunion und

Barack Nolama als neuer US-Präsident vorgestellt.

Nach Voranstellung dieser Neufassung des Weltenlaufs zwischen 1989 und 2008 sollte das eigentliche Geschehen starten, also Riesis unkonventionelle Jagd auf die Hasen und der versehentliche Fall der Mauer. Dann sollten Angela Rautels Einsatz für eine deutsche Wiedervereinigung, Belladonnis Hilfe bei Knutins Zähmung, der große Moment der Einheit, die ersten Wahlen im wiedervereinten Deutschland und schließlich der Epilog im Kreml folgen.

Pünktlich zum Jahresende war das Drehbuch im Groben fertig. Da inzwischen auch alle wesentlichen Rollenbesetzungen sowie der Hauptdrehort geklärt waren und Steven sogar den angeblich Besten als Regieassistenten engagiert hatte, sah er der weiteren Verwirklichung des Filmprojekts zuversichtlich entgegen.

20. Kapitel
Januar 2012 in Hollywood

Bumm-Bumm

Für den 1. Januar 2012 stand nun zunächst die Neujahrsparty im Hause Vielwerk auf dem Programm.

Cynthia und Steven hatten es sich bereits seit vielen Jahren zur Gewohnheit gemacht, am Neujahrstag zu feiern und nicht etwa am Silvesterabend. Viele gute Gründe sprachen aus ihrer beider Sicht für den 1. Januar und gegen den 31. Dezember. Zum einen musste man sich nicht um ein Feuerwerk kümmern. Auch wurde an Neujahr weniger gesoffen als zu Silvester. Des Weiteren waren die Gäste am 1. Januar eher bereit, sich den Projekten für das neue Jahr zuzuwenden. Und schließlich war es auch schlichtweg einfacher, von den gewünschten Gästen eine Zusage für den Neujahrstag als für den Silvesterabend zu bekommen.

Als einer der ersten Gäste erschien am Neujahrsabend Arnold Hantelegger bei den Vielwerks. Er hatte ohnehin den kürzesten Weg.

Von den etwa fünfzig geladenen Gästen trafen nach und nach weitere ein. Recht pünktlich kam auch Boris Baller, den Steven im Rahmen der Vorstellung des Filmprojekts in Berlin nach Hollywood eingeladen hatte und der immerhin die Rolle des Wladimir Knutin übernommen hatte.

Boris war einen Tag vor Silvester zunächst nach Las Vegas geflogen und hatte dort den Jahreswechsel bei seinen alten Bekannten Steffi Fürst und Andre Legacy verbracht. Am Neujahrstag war er dann von Las Vegas weiter nach Los Angeles geflogen.

Steven begrüßte Boris herzlich und stellte ihn seiner Frau vor: "Schau, meine Liebe! Dies ist Boris Baller, dreimaliger Wimbledon-Sieger, Bestseller-Autor und angehender Hollywood-Star. Was würde ich bloß in diesem schönen neuen Jahr machen, wenn er nicht *Die Kanzlerin der Einheit* geschrieben hätte?"

Cynthia erkundigte sich bei Boris: "Sie fanden also, es gäbe Bedarf für eine neue Fassung von Mauerfall und deutscher Wiedervereinigung mit gänzlich neuen Akteuren?"

Boris erwiderte: "Zumindest kann ich mich über mangelndes Interesse an meinem Werk nicht beklagen. Haben Sie das Buch denn schon gelesen?"

Cynthia gab zurück: "Wo denken Sie hin?" Und mit einem

Augenzwinkern zu Steven fügte sie an: "Mein Mann kann froh sein, wenn ich mir den fertigen Film anschaue. Dieses seltsame Dino-Zeug habe ich mir allerdings bis heute nicht angetan."

Arnold Hantelegger trat hinzu. Da er und Boris sich bereits mehrfach begegnet waren, folgte eine lockere Begrüßung in deutscher Sprache.

Arnold schlug Boris eine seiner Pranken auf die Schulter und rief: "Hey, den Typ kenne ich doch."

Boris erwiderte ruhig: "Und, alles locker, Arnie?"

Mit unerschütterlicher Miene gab Arnold zurück: "Klar, bei mir doch immer. Und selbst?"

Boris grinste: "Alles sauber."

Cynthia und Steven beschlossen, dass man die beiden getrost ihrer Kumpanei überlassen konnte und wandten sich anderen Gästen zu.

Boris fragte Arnold: "Und, was läuft?"

Arnold erwiderte: "Habe vorhin eine neue Wumme geliefert bekommen. Mordsteil. Wenn du magst, können wir nachher mal zu mir herübergehen, und dann machen wir auf meinem Schießstand ein bisschen Bumm-Bumm. Ich wohne ja direkt nebenan."

Boris grinste: "Cool. Ich bin dabei. Für Bumm-Bumm bin ich doch immer zu haben. Sag Bescheid, sobald es losgehen soll."

Arnold erwiderte nur: "Mach' ich."

Dann erspähte Arnold Hantelegger in der Menge den zwei Köpfe kleineren Danny Levino und wandte sich ihm zu: "Hallo, mein Zwillingsbruder! Wie schön, dass du auch da bist. Wer konnte uns nur jemals trennen? Was sagst du dazu, dass wir für Stevens neues Werk wieder beide im selben Film mitmachen dürfen? Das war doch wirklich ein Spaß beim letzten Mal."

Danny lachte und erwiderte: "Und dieses Mal werden wir sogar zu Staatschefs befördert. Am meisten freue ich mich aber schon auf meine Szenen mit Julia Topherz als Angela Rautel."

Arnold grinste und meinte: "Sie ist wirklich eine tolle Schauspielerin, nicht wahr?"

Danny murmelte nur vielsagend: "Oi, oi, oi."

Und eine Stunde später erschienen dann tatsächlich auch Julia Topherz und ihr Mann Bud auf der Party.

Als sich Julia und Boris begrüßten, schaute Boris Julia einen Moment lang tief versonnen in die Augen und verkündete: "Erleben zu dürfen, wie mein Werk durch Ihren Leib Gestalt annimmt, ist wirklich eine große Ehre für mich."

Julia klimperte nur zweimal mit den Augen, dann wies sie zur Seite und sagte: "Und dies ist mein Mann Bud."

Boris reichte Bud die Hand, und erhielt einen derart zermalmenden Händedruck, dass er einen Aufschrei unterdrücken musste. Bud lächelte nur kühl, als sei nichts weiter. Aber er war schon seit Längerem zu dem Schluss gelangt, dass es sinnvoll war, in einigen Fällen ein klares Signal zu senden.

Wenig später gab Arnold Hantelegger Boris das Zeichen zum Aufbruch.

Nach seinem Missgeschick mit Cynthia und ihrem Kronleuchter hatte Arnold sich geschworen, seine Schusswaffen nur noch in seinem kugelsicheren Schießstand in die Hand zu nehmen und sie keinesfalls wieder zum Krafttraining in den

Garten zu schleppen.

Arnold führte Boris also nebenan in den Keller seines Hauses, wo sich der Schießstand befand. Dort präsentierte er ihm sein Waffenarsenal.

Nach kurzem Fachsimpeln begannen die beiden, einige Schüsse auf die Zielscheiben am hinteren Ende des schlauchartigen Kellerraumes abzugeben.

Arnold war felsenfest davon überzeugt, dass diesmal garantiert nichts schief gehen würde.

Cynthia dagegen war inzwischen derart sensibilisiert für Arnolds Schießübungen, dass sie mitten im ganzen Hin und Her ihrer Neujahrsparty sofort registrierte, was vom Nachbargrundstück herüberschallte: Bumm-Bumm! Und wieder: Bumm-Bumm!

Cynthia raufte sich die Haare. Als sie aber sah, dass ihre Gäste von den Schüssen keinerlei Notiz nahmen, zwang sie sich zu innerer Ruhe und Gelassenheit.

21. Kapitel
Januar 2012 in Hollywood

Die Motorhaube

Was allerdings weder Cynthia noch Arnold ahnen konnten, war, dass der russische Präsident sechs Wochen zuvor dem seinem Verständnis nach Besten aller Geheimagenten den Auftrag erteilt hatte, Steven Vielwerks Verfilmung von Boris Ballers Version der deutschen Wiedervereinigung unbedingt zu verhindern.

Und da Dimitri ein Top-Agent war, war er inzwischen bestens im Bilde über alle Facetten dieses Filmprojekts. Er kannte den Roman von Boris Baller, die geplante Besetzung der Rollen und alle verfügbaren Details über das Privatleben der Beteiligten. Er war sogar nach Los Angeles gereist und hatte begonnen, die Vielwerksche Villa in Hollywood aus sicherer Entfernung zu observieren.

Wenn Knutin ihm die Lizenz zum Töten gegeben hätte, dann hätte Dimitri Steven Vielwerks Filmprojekt schon längst an der Wurzel treffen können. So aber musste er andere Wege gehen.

Als Dimitri bei seiner aufmerksamen Beobachtung der Vielwerkschen Neujahrsparty nun plötzlich sah, wie Arnold Hantelegger und Boris Baller zu Arnolds Haus hinübergingen, und wenig später hörte, wie Schüsse aus Arnolds Schießstand drangen, sah Dimitri unversehens seine erste große Chance gekommen, Knutins Auftrag auszuführen.

Er dachte: "Ein zweiter Querschläger in Cynthias Wohnzimmer wird das neue Filmprojekt doch sicher ein wenig zurückwerfen."

Also schlich Dimitri sich in Arnold Hanteleggers Garten. Wieder erklangen Schüsse aus dem Schießstand: Bumm-Bumm! Und nahezu gleichzeitig feuerte Dimitri auf das Terrassenfenster der Vielwerks. Er sah noch, wie die Scheibe zu Bruch ging, dann machte er sich schnellstens wieder aus Arnold Hanteleggers Garten davon.

Cynthia plauderte gerade mit Julia Topherz, als die Kugel mit ohrenbetäubendem Knall auf das Terrassenfenster traf. Und sie sah, wie die Scheibe in Tausenden von Teilen zu Boden stürzte.

Cynthia war schockiert. Aber ihre Schrecksekunde war deutlich kürzer als die der anderen Gäste, denn sie war sich sofort sicher, dass dies nur ein weiterer Irrläufer von Arnold Hantelegger gewesen sein konnte. Ohne zu zögern, stürzte sie auf Barack Nolamas Golfausrüstung zu, zog einen der Golfschläger hervor und hechtete zur Haustür hinaus.

Vor Arnold Hanteleggers Haus angekommen, trommelte sie mit den Fäusten gegen die Tür. Doch dann vernahm sie erneut: Bumm-Bumm! Im Schießstand hatte man anscheinend nichts von Cynthias Poltern bemerkt.

Cynthia drehte sich auf dem Podest vor Arnolds Haustür um. Ihr Blick fiel auf Arnolds monströsen, vor dem Eingang geparkten Geländewagen. Kurz entschlossen holte sie mit dem Golfschläger aus und versetzte der Motorhaube von Arnolds Geländewagen einen derart heftigen Hieb, dass das Eisen des Schlägers das Autoblech nahezu ungebremst durchschlug.

Cynthia war nun wild entschlossen, Arnolds Geländewagen in Stücke zu hacken. Als sie allerdings den Golfschläger wieder aus der Motorhaube herausziehen wollte, um zu einem weiteren Hieb anzusetzen, verhakte sich das Eisen unter der Motorhaube. So sehr Cynthia auch an dem Schläger rüttelte, sie bekam ihn nicht wieder frei.

Da kam auch schon Steven über die Auffahrt von Arnolds Anwesen herangelaufen. Mit einem Auge registrierte er den Golfschläger in der Motorhaube, dann stürzte er sich auf Cynthia und umschlang sie mit aller Kraft mit beiden Armen, um ihrem Wutanfall Einhalt zu gebieten.

Cynthia ließ es geschehen, einige Sekunden geschah gar nichts, und dann brach sie in Tränen aus.

Derweil hatte die Haushälterin der Vielwerks bereits

geistesgegenwärtig die Polizei alarmiert.

Und während Cynthia noch bitterlich an Stevens Schulter schluchzte und sogar noch einige weitere Schüsse aus Arnolds Schießstand zu hören waren, kamen unter Sirenengeheul zwei Streifenwagen herangerast.

Kurz darauf übernahm es dann die Polizei, an Arnold Hanteleggers Tür zu hämmern.

Es dauerte eine Weile, bis Arnold erschien. Da er aber bislang nichts von dem ganzen Drama bemerkt hatte, sah er völlig perplex auf den schier aberwitzigen Anblick, der sich ihm darbot: Da waren zwei Streifenwagen mit Blaulicht, vier Polizisten mit gezogener Waffe, eine laut schluchzende Cynthia in Stevens Armen, und dann ragte da anscheinend auch noch eine Eisenstange aus dem Motorraum seines Geländewagens. Arnold war sprachlos.

Zwei Polizisten wiesen ihn an, er solle sie in sein Haus begleiten, wo kurz darauf im Keller der ahnungslose Boris Baller höchst überrascht die neuen Besucher anstarrte.

Die beiden anderen Polizisten geleiteten Cynthia und Steven zurück zu deren Villa, in der bereits weitere Polizisten die Lage sicherten. Glücklicherweise war durch die Kugel und den Glasbruch keiner der Neujahrsgäste zu Schaden gekommen.

Die Gäste starrten tuschelnd auf das ganze Szenario. Danny Levino pfiff leise durch die Zähne und murmelte zu Julia Topherz: "Wow, da haben es Cynthia und Steven dieses Mal aber richtig krachen lassen."

So endete die Neujahrsparty im Eklat. Nach und nach gingen die Gäste, ohne dass sie Cynthia und Steven nochmals zu Gesicht bekamen.

Es war inzwischen spät am Abend. Und weder Cynthia

noch Steven waren noch zu großen Aussagen fähig. Ein Polizist wurde beauftragt, die Nacht über als Wachposten zu bleiben, und die anderen Polizisten zogen ab.

Cynthia weinte sich in den Schlaf, während Steven die ganze Nacht über kein Auge zumachte und abwechselnd von Zorn und Zweifel beschlichen wurde.

22. Kapitel
Januar 2012 in Hollywood

Abbitte

Am nächsten Morgen frühstückten Cynthia und Steven zunächst schweigend zusammen. Steven war froh zu sehen, dass seine Frau halbwegs gefasst zumindest eine Kleinigkeit aß. Dann kamen zwei Polizisten vorbei.

Einer der beiden erläuterte daraufhin Cynthia und Steven den Stand der Ermittlungen: "Mit Hilfe eines Metalldetektors konnten wir ja bereits gestern Abend ein verdächtiges Projektil am Rande Ihrer Terrasse sicherstellen. Und inzwischen steht im Grunde außer Frage, dass es sich um die gesuchte Kugel handelt, denn an der Kugel ließen sich zweifelsfrei einige Moleküle Ihres Terrassenfensters finden.

Darüber hinaus haben wir gestern Abend im Haus von Herrn Hantelegger sämtliche Feuerwaffen beschlagnahmt, die wir finden konnten.

Die Kugel und die Waffen wurden inzwischen eingehend untersucht. Das Ergebnis wird Sie aber vermutlich überraschen. Denn die Kugel ist eindeutig nicht aus einer der im Haus von Herrn Hantelegger sichergestellten Waffen abgefeuert worden."

Cynthia sah den Polizisten konsterniert an. Steven war nach all den verschiedenen Gedanken, die ihm in der vergangenen durchwachten Nacht durch den Kopf gegangen waren, etwas weniger erstaunt und beinahe erleichtert.

Der Polizist fuhr fort: "Hinzu kommt, dass Herr Hantelegger und Herr Baller nachdrücklich versichert haben, dass sie keinesfalls auf Ihr Grundstück geschossen haben, dass sie ausschließlich die beschlagnahmten Feuerwaffen benutzt haben und dass sie sich während der Schießübungen ununterbrochen im Schießstand aufgehalten haben. Des Weiteren ist der Schießstand nach vorläufiger Begutachtung kugelsicher und es gibt auch keine direkte Flugbahn zwischen dem Schießstand und Ihrem Terrassenfenster."

Der Polizist schwieg. Cynthias Augen wurden immer größer. Schließlich räusperte sich Steven: "Aber was ist denn dann passiert?"

Unter leichtem Zucken der Schultern antwortete der Polizist: "Alle Indizien sprechen dafür, dass der Schuss, der Ihr Terrassenfenster zerschmettert hat, weder absichtlich noch versehentlich von Herrn Hantelegger oder Herrn Baller abgefeuert wurde. Vielmehr muss er von einer dritten Person abgefeuert worden sein, die sich zwar möglicherweise auf dem Grundstück von Herrn Hantelegger, nicht aber in seinem Schießstand befand."

Auf diese Erklärung folgte erneutes allgemeines Schweigen.

Dann sagte der Polizist: "Es wäre eventuell denkbar, dass eine dritte Person jenen anderen Vorfall mit einem Schuss auf Ihr Haus aus dem vergangenen Sommer als Tarnung nutzen wollte und somit als Trittbrettfahrer gehandelt hat."

Steven fragte entgeistert: "Aber warum denn das?"

Der Polizist antwortete: "Die naheliegendste Erklärung wäre, dass eine solche dritte Person möglicherweise einen neuen Streit zwischen Ihnen und Herrn Hantelegger provozieren wollte."

Steven fragte: "Und wozu?"

Der Polizist erklärte: "Dazu haben wir bislang keine Anhaltspunkte."

Nach weiterem Schweigen fragte Cynthia leicht verwirrt: "Könnte das etwa bedeuten, dass im vergangenen Sommer nicht Arnold den Kronleuchter von unserer Wohnzimmerdecke geschossen hat, sondern jemand anderer?"

Der Polizist schüttelte den Kopf: "Nein, wir konnten damals eindeutig nachweisen, dass die Kugel aus genau der Waffe stammte, mit der Herr Hantelegger an diesem Tag gemäß seiner eigenen Aussage in seinem Garten hantiert hatte."

Dann fuhr er fort: "Haben Sie denn vielleicht einen Verdacht, wer ein Interesse an einem Streit zwischen Ihnen und Ihrem Nachbarn haben könnte?"

Cynthia und Steven verneinten. Unter ungläubigem Kopfschütteln meinte Steven schließlich: "Das ist ja alles wirklich eigenartig. Im höchsten Maße sonderbar."

Als die beiden Polizisten wieder gegangen waren, war Cynthia zunächst völlig verstört. Die mentale Anstrengung, Arnold Hantelegger nicht mehr als den eindeutig Schuldigen, sondern als einen aller Wahrscheinlichkeit nach Unschuldigen anzusehen, überforderte sie komplett.

Steven hielt es für besser, gar nichts zu sagen. Nachdem die beiden fast eine Stunde schweigend nebeneinander gesessen hatte, meinte Cynthia schließlich mit leichtem Krächzen in der Stimme: "Dass Arnold und Boris aus einem kugelsicheren Schießstand heraus unser Terrassenfenster beschossen haben und dass sie dann in völligem Einvernehmen gemeinschaftlich und erfolgreich die Tatwaffe vom Erdboden haben verschwinden lassen, obwohl sie im Keller bis zum Eintreffen der Polizei ungerührt weitergeballert haben, das kann eigentlich wirklich nicht sein."

Steven nickte leicht und schwieg. Nach einer Weile fügte Cynthia an: "Wenn die Polizei also nicht völlig auf dem falschen Dampfer ist, dann bin jetzt wohl ich an der Reihe, mich für mein Verhalten bei Arnold zu entschuldigen."

Steven wagte einen ersten Kommentar: "Es ist ja nur eine Motorhaube kaputt. Mach dir deswegen mal keine Sorgen."

Cynthia erwiderte: "Wenn Arnold schneller an der Haustür erschienen wäre und sich der Golfschläger nicht in der Motorhaube verklemmt hätte, wer weiß, wozu es noch hätte kommen können. Ich war zu allem fähig."

Steven nahm Cynthia in den Arm. Nachdem sie dann noch eine Weile beieinander gesessen hatten und weiter keinen Sinn in den Ereignissen der vergangenen Nacht entdecken konnten, fragte Steven schließlich: "Soll ich bei Arnold anrufen und fragen, ob wir zu einer Krisensitzung vorbeikommen dürfen?"

Mit schwacher Stimme kam Cynthias Antwort: "Ja, mach das."

Arnold war sofort einverstanden, also gingen Cynthia und Steven hinüber zum Nachbarhaus.

Mit Entsetzen registrierte Cynthia, dass Arnolds Geländewagen immer noch vor dessen Haustür stand und Barack Nolamas Golfschläger weiterhin zur Hälfte aus der Motorhaube ragte.

Arnold öffnete und bat die beiden herein. Er war ziemlich

verunsichert, wie er mit der Situation umgehen sollte, und fragte vorsichtig: "Wollt ihr vielleicht den verdächtigen Raum besichtigen?"

In Ermangelung einer besseren Idee nickte Steven.

Arnold führt Cynthia und Steven also in den Keller zum Schießstand, der sich als langer Schlauch fensterlos bis zu drei Zielscheiben erstreckte.

Steven fragte nur: "Und hier habt ihr beiden also gestern rumgeballert."

Arnold antwortete betreten: "So ist es. Hier und nur hier. Ich schwöre es."

Nach der Kellerbesichtigung ließen sich alle drei in Arnolds Wohnzimmer nieder.

Besonders viele Worte wurden nicht gewechselt.

Steven sagte nur: "Ich verstehe das nicht."

Und Arnold pflichtete ihm bei: "Ich auch nicht."

Schließlich meinte Cynthia zu Steven: "Lass uns nach Hause gehen."

Arnold geleitete die beiden zur Tür. Dort starrte Cynthia auf den Geländewagen, die Motorhaube und den halb daraus hervorragenden Golfschläger und meinte dann leise zu Arnold: "Ich bin froh, dass es die Motorhaube war und nicht dein Kopf. Vielleicht tröstet es dich ja, dass ein Golfschläger von Barack Nolama in deiner Motorhaube steckt. Aber das erkläre ich dir ein andermal."

Dann brachte Steven sie nach Hause.

In den folgenden Wochen standen Cynthia und Steven noch des Öfteren unter dem Eindruck der Ereignisse des Neujahrstages. Sie ließen ihre Fenster mit Panzerglas nachrüsten. Es gab weitere Lagebesprechungen mit der

Polizei und auch mit Arnold Hantelegger, dem bei einer dieser Gelegenheiten auch die Geschichte von der Herkunft des Golfschlägers in seiner Motorhaube erzählt wurde. Da aber keine neuen Erkenntnisse auftauchten, gingen Cynthia und Steven nach und nach wieder zur Tagesordnung über.

Steven machte sich allerdings ein wenig Sorgen um Cynthias psychische Verfassung. Ihm fiel auf, dass Cynthia sich seit den Ereignissen deutlich vorsichtiger und zahmer verhielt als üblich.

Steven bot Arnold an, ihm eine neue Motorhaube zu bezahlen. Arnold sagte aber nur: "Lass gut sein. Aber kann ich dir vielleicht den Golfschläger anvertrauen? Ich möchte ihn ungern behalten."

So war irgendwann auch Nolamas Golfausrüstung im Vielwerkschen Wohnzimmer wieder komplett, ohne dass Cynthia es recht registriert hatte.

Und wenn Cynthia und Steven beiläufig auf Boris Baller zu sprechen kamen, nannte Cynthia ihn nur Bumm-Bumm-Boris, denn das brachte nun einmal ihre vorrangige Erinnerung an ihn zum Ausdruck.

Steven wandte sich wieder seiner Arbeit zu und feilte noch ein wenig am Drehbuch. Aber im Prinzip war alles bereit für den Beginn der Dreharbeiten.

Und Dimitri, der das Geschehen in Hollywood weiterhin genau beobachtete, bot sich vorerst keine neue Gelegenheit, Steven Vielwerks neues Filmprojekt wirksam zu torpedieren. Seine Versuche, die afroamerikanischen Schauspieler Hollywoods über Mittelsmänner dagegen aufzuhetzen, dass Brad Hit die Rolle des Barack Nolama übernehmen sollte, verliefen zu Dimitris Enttäuschung kläglich im Sande.

23. Kapitel
März 2012 in Berlin

Ein Fehler

Einige Zeit verging, und Ende März war es dann so weit, dass Hollywoods Star-Regisseur Steven Vielwerk für den Beginn der Dreharbeiten nach Berlin flog. Er quartierte sich wieder im Hotel Adler ein und verbrachte dort zurückgezogen einen ruhigen ersten Abend.

Am nächsten Morgen war er zum Frühstück mit Dexter, seinem Regieassistenten für Sonderaufgaben, verabredet. Er begab sich zur verabredeten Zeit in den Frühstückssaal des Hotels und setzte sich an einen der Tische. Wenige Augenblicke später kam auch schon ein junger Mann quer durch den Raum auf ihn zu, nahm neben ihm Platz und grüßte fröhlich: "Hi Steven!"

Steven Vielwerk schaute ein wenig irritiert, da ihn der junge Mann kaum an den Menschen erinnerte, mit dem er in Hollywood gesprochen hatte, und meinte schließlich: "Hi Dexter! Irgendwie sehen Sie anders aus als bei unserem ersten Treffen."

Dexter erwiderte munter: "Das ist nur das Resultat der kleinen Gesichtsoperation, die ich Ihnen ja bereits angekündigt hatte."

Stevens Verunsicherung war aber keineswegs ausgeräumt: "Sogar Ihre Stimme klingt verändert."

Dexter gab zurück: "Ich habe mich zusätzlich auch noch einer winzigen Stimmbandoperation unterzogen."

Steven setzte nach: "Damals hatten Sie auch keinen Bart.

Und waren das nicht hellere Haare, die unter Ihrer Baseball-Kappe hervorschauten."

Dexter erklärte trocken: "Haare kann man wachsen lassen und färben."

Nach kurzem Schweigen stellte Steven fest: "Nach meinen Erfahrungen sind es eher die Schauspieler als die Regieassistenten, die für einen Dreh einen neuen Look brauchen. Immerhin müssen wir Brad Hit in Barack Nolama transformieren. Aber wozu Ihre Verwandlung gut sein soll, ist mir schleierhaft."

Dexter erwiderte: "Glauben Sie mir, es ist besser, wenn nicht gleich jeder weiß, dass Sie mich engagiert haben."

Steven fragte: "Und was ist so geheimnisvoll daran, dass Sie für mich arbeiten?"

Dexter erläuterte: "Mein früherer Auftraggeber wäre vermutlich nicht begeistert, wenn er erfahren würde, dass ich nun in Ihren Diensten stehe. Dann müsste er ja damit leben, dass der Beste nicht mehr zu seiner Verfügung steht. Das würde er aber wohl nicht einfach hinnehmen. Damit ich Ihren Auftrag reibungslos erledigen kann, ist es also besser, wenn ich mich ein wenig tarne."

Steven lenkte ein: "Nun gut. Erinnern Sie sich denn noch an den Auftrag, für den Sie hier sind?"

Dexter antwortete wie aus der Pistole geschossen: "Ich soll dafür sorgen, dass hier alle gemäß Drehbuch arbeiten und dass niemand vom Set fliehen kann, insbesondere wenn Sie gerade an Ihrem Pool in Hollywood sitzen."

Steven war halbwegs beruhigt: "Sehr richtig. Eine Gehirntransplantation haben Sie also zwischenzeitlich nicht vornehmen lassen?"

Dexter erwiderte: "Nein. Nicht, dass ich wüsste."

Steven sann über die Tragweite dieser Antwort nach, beschloss dann aber, Dexters Identität nicht weiter zu hinterfragen: "Sei es, wie es ist. In den vergangenen zwei Wochen haben Sie sich also bereits vor Ort um die Vorbereitung der Dreharbeiten gekümmert?"

Dexter beschrieb daraufhin die bisherigen Aktivitäten am zukünftigen Berliner Flughafen. Das Kamerateam war bereits eingetroffen und probte, unterstützt von einigen Kulissen bastelnden Handwerkern, erste Einstellungen für den Dreh.

Während Dexter Steven vom Stand der Vorbereitungen berichtete, ließen sich die beiden ihr ausgiebiges Frühstück schmecken.

Das Hotel Adler war zur Operationsbasis für die Dreharbeiten auserkoren worden. Auch die Schauspieler sollten noch im Laufe dieses Tages im Hotel eintreffen und ihre Quartiere beziehen, und am nächsten Tag sollten dann am Flughafen bereits erste Szenen für *Die Kanzlerin der Einheit* gedreht werden.

Nach dem Frühstück ließ sich Steven von Dexter in dessen Leihwagen zur Baustelle des Hauptstadtflughafens kutschieren. Er wollte sich mit eigenen Augen vergewissern, dass vor Ort alles mit rechten Dingen zuging.

Während der Fahrt nahm Steven vorerst aber nur zur Kenntnis, dass das Wetter wieder genauso kalt, nass und windig war wie bei seinem ersten Ausflug zu der Baustelle. Ein Frösteln lief ihm den Rücken hinunter.

Was allerdings weder Steven noch Dexter bei ihrer Fahrt in die Weiten Brandenburgs ahnen konnten, war, dass der russische Präsident Wladimir Knutin den seiner Überzeugung nach Besten aller Geheimagenten, der in Wirklichkeit allerdings nur der Zweitbeste aller Geheimagenten war, darauf angesetzt hatte, die Verwirklichung von Stevens neuem Film-projekt tunlichst zu verhindern.

Steven war auch nach wie vor völlig ahnungslos, dass hinter seiner geplatzten Neujahrsparty in Hollywood Kräfte standen, die ihn bis auf eine verregnete Großbaustelle am anderen Ende der Welt verfolgen würden.

Aber Knutins Agent Dimitri, den man beim russischen Geheimdienst offiziell den Barracuda und inoffiziell das Schirmchen nannte, war fest entschlossen zu beweisen, dass er nunmehr der Beste war und ihn nichts und niemand von der Erfüllung seines Auftrags abhalten konnte. Also war er längst nach Berlin gereist und hatte dort auch schon ein ganz persönliches Begrüßungsgeschenk für Steven Vielwerk arran-giert.

Zunächst hatte er in Polen eine Lastwagenladung Hasen organisiert und über die Grenze nach Deutschland ge-schmuggelt, und diese Hasen hatte er dann in der ver-gangenen Nacht still und heimlich auf dem großräumig umzäunten Gelände der Flughafenbaustelle ausgesetzt.

Darüber hinaus hatte er drei Statisten engagiert, die sich als Tierschützer mit Plakaten bewaffnet an der Flughafen-zufahrt aufbauen sollten. Und schließlich hatte er dafür gesorgt, dass alle Lokalredaktionen Berlins den Hinweis erhalten hatten, dass Hollywoods Star-Regisseur Steven Vielwerk im Begriff stand, in einem der beliebtesten und schützenswertesten Lebensräume einheimischer Hasen im Zuge von Dreharbeiten gleichermaßen umfangreiche wie vernichtende Sprengungen durchzuführen.

Das Resultat von Dimitris Bemühungen, das er nun aus sicherer Entfernung mit seinem Fernglas beobachtete, war, dass drei Demonstranten sowie drei Kamerateams unter spätwinterlich grauem Himmel vom Nieselregen durchweicht an der Flughafenzufahrt standen, als Steven und Dexter dort ankamen.

Steven ließ aus dem Wagen heraus mitleidig seinen Blick über diese jammervolle Ansammlung schweifen und nahm auch von den Plakaten der Demonstranten Notiz:

"Rettet die Hasen!"

"Hasenglück vor Hollywood!"

"Sündenfall im Hasenparadies!"

Eigentlich hatte Steven zwar überhaupt keine Lust, den durchnässten Gestalten am Straßenrand irgendwelche nähere Beachtung zu schenken. Aber die Kamerateams warteten offenbar auf ein kurzes Interview mit dem Star-Regisseur. Also gab Steven sich einen Ruck. Er ließ Dexter halten, nahm den Regenschirm, den er sich vorsorglich im Hotel Adler hatte geben lassen, und trat zu den wartenden Journalisten.

Die Reporter stellten zunächst einige Fragen zu den Planungen für den Beginn der Dreharbeiten, die Steven geduldig beantwortete. Dann wies einer der Reporter auf die drei Demonstranten, die einige Schritte abseits schweigsam und unglücklich mitsamt ihren Plakaten in den Regen starrten, und fragte: "Und was sagen Sie dazu, dass es offensichtlich einige Tierschützer gibt, die besorgt sind, dass Ihre Dreharbeiten die örtlichen Hasen stören könnten? Um *Die Kanzlerin der Einheit* zu verfilmen, müssen Sie ja für Boris Ballers Version des Mauerfalls die versehentliche Sprengung der innerdeutschen Grenzanlagen nachstellen. Könnten dabei wohlmöglich Hasen zu Schaden kommen?"

Steven zögerte kurz und musterte ein wenig geringschätzig die drei Demonstranten. Er beschloss, den Protest auf die leichte Schulter zu nehmen und ein wenig zu scherzen: "Die drei edlen Ritter mit den Schildern müssen sich keine

Sorgen machen. Natürlich werden wir uns bei den Dreharbeiten um das Wohl der Hasen kümmern. Bevor wir Sprengungen durchführen, werden wir alle Hasen über Lautsprecher auffordern, die Gefahrenzone zu verlassen. Aber Hasen sind ja clevere Tiere. Vermutlich wissen sie instinktiv, dass sie auf Landebahnen nichts zu suchen haben. Zumindest habe ich noch nie davon gehört, dass ein Landeanflug wegen Hasenquerung abgebrochen werden musste."

Ein Reporter wollte nachhaken. Steven machte aber nur eine abwehrende Handbewegung. Dann kamen noch zwei, drei andere Fragen, und schließlich endete das Interview.

Steven stieg zurück zu Dexter in den Wagen, ohne sich darüber im Klaren zu sein, dass er soeben einen folgenschweren Fehler gemacht hatte, der Dimitri hervorragend ins Konzept passte.

Gemeinsam passierten Steven und Dexter das Einfahrtstor der Baustelle. Zu Stevens Erstaunen dauerte es daraufhin allerdings keine zehn Sekunden, bis er auf dem Gelände einen ersten Hasen erblickte. Und als er sich leicht irritiert umsah, erspähte er gleich noch eine ganze Reihe weiterer Hasen.

Steven sah zurück zu den Demonstranten und den Reportern an der Baustellenzufahrt und nahm zur Kenntnis, dass die Demonstranten nun offenbar vor laufender Kamera auf umherhoppelnde Hasen zeigten. Nach Stevens grober Schätzung waren mindestens zwanzig oder dreißig Hasen in Sichtweite.

Verwundert sagte Steven zu Dexter: "Als ich im vergangenen September schon einmal hier war, habe ich zwar auch schon einen Hasen gesehen. Aber es war nur ein Einziger. Ich wusste gar nicht, dass Hasen sich dermaßen schnell vermehren können."

Auch Dexter musterte überrascht das rege Treiben auf dem Gelände und stellte fest: "Ich bin nun schon zwei Wochen vor Ort. Aber bisher habe ich hier noch nie auch nur annähernd so viele Hasen gesehen. Das ist wirklich seltsam. Das kann doch fast nicht mit rechten Dingen zugehen."

Dexter, den man, als er noch für den russischen Geheimdienst gearbeitete hatte, offiziell die Natter und inoffiziell das Winkelchen genannt hatte, zermarterte sein Agentenhirn. Aber es schien ihm zu früh, gegenüber Steven Großalarm auszurufen. Er war zwar der Beste, aber falls dies ein Hasenangriff war, dann war dies auch für ihn eine neue Variante der Kriegsführung. Also beschloss er, den Ball vorerst möglichst flach zu halten und Steven zunächst einmal zum Kamerateam in die Flughafenhalle zu bringen.

In der Halle angekommen ließ sich Steven durch den Rohbau führen und nahm zufrieden wahr, dass Teile des zukünftigen Flughafengebäudes als repräsentative Regierungsbüros für westdeutsche, ostdeutsche, amerikanische und sowjetische Staatschefs hergerichtet waren. Steven unterhielt sich mit seinen Kameraleuten und einigen der Handwerker, stellte beruhigt fest, dass es im Gebäude zumindest nicht durchzuregnen schien und war schließlich guten Mutes, dass einem entspannten Beginn der Dreharbeiten am nächsten Tag nichts entgegenstand.

Ohne den zahlreichen Hasen auf dem Gelände noch allzu viel Beachtung zu schenken, fuhren Steven und Dexter am späten Nachmittag zurück in die Berliner Innenstadt.

Abends fand dann ein großes Begrüßungsdinner im Hotel Adler statt. Alle waren da: Julia Topherz und ihr Mann Bud, Brad Hit, Boris Baller, Arnold Hantelegger und Danny Levino. Auch der amerikanische Botschafter war gekommen.

Steven stimmte seine Stars auf den Beginn der Dreharbeiten ein und entschuldigte sich bereits im Vorfeld für etwaige Unannehmlichkeiten am Drehort, der ja immerhin nicht viel mehr war als eine große Baustelle.

Boris Baller umgarnte unterdessen unter Buds wachsamen Augen Julia Topherz. Er raunte ihr zu: "Da du Angela Rautel spielst, ich Wladimir Knutin darstelle und wir uns immerhin auf die deutsche Wiedervereinigung verständigen sollen, können wir doch eigentlich gar nicht früh genug damit anfangen, unsere Beziehungen so eng wie möglich zu gestalten."

Julia klimperte mit den Augen, und fragte dann betont nüchtern zurück: "Wie kommt es eigentlich, dass du als Autor der Romanvorlage auch als Schauspieler in der Verfilmung mitwirken darfst? Das ist doch eher unüblich."

Boris erwiderte: "Das war Stevens Idee. Ich könnte zwar jetzt behaupten, dass es meine Bedingung für die Überlassung der Filmrechte war, dass ich in dem Film mitspielen darf, und zwar an der Seite von Julia Topherz. Aber vermutlich würde Steven das nicht bestätigen."

Julia fragte spitz: "Und warum Knutin? Hast du etwa den Schwarzen Gürtel im Judo?"

Boris gab gelassen zurück: "Das zwar nicht. Aber dafür habe ich den fulminantesten Aufschlag der Tennis-Geschichte."

Julia stichelte: "Lang' ist's her."

Boris konterte: "Du wirst schon sehen: Mich als russischen Präsidenten putzt so schnell keiner vom Platz."

Julia erwiderte lächelnd: "Ich denke, da überschätzt du dich maßlos. Denn wenn ich erst einmal meinen ganzen Charme als deutsche Kanzlerin entfalte, wirst du dich dem offenkundig nicht entziehen können."

Boris stellte klar: "Wenn ich mich recht an die Handlung meines Romans erinnere, erliege ich aber gar nicht dem Charme der deutschen Kanzlerin, sondern den Poker-Künsten des italienischen Ministerpräsidenten."

Arnold Hantelegger hatte das Gespräch verfolgt und schaltete sich ein: "Ganz recht, Julia. Lass dich nicht von Wladimir Knutin umgarnen, sondern halte dich lieber an Silvio Belladonni."

Julia ließ leicht genervt ihre Blicke zwischen Boris und Arnold hin und her schweifen und sagte: "Und solche platten Sprüche soll ich jetzt für den Rest des Drehs über mich ergehen lassen?"

Und dabei war ihr noch gar nicht klar, dass es da noch einen Dritten gab, der in seiner Hingabe Boris und Arnold noch völlig in den Schatten stellen würde.

24. Kapitel
März 2012 in Berlin

Ein Beamter

Am nächsten Morgen zogen es alle vor, in ihren Zimmern oder Suiten zu frühstücken. Keiner machte sich die Mühe, einen Blick in irgendwelche Berliner Lokalzeitungen zu werfen. Wer dies aber getan hätte, dem wären vielleicht die Überschriften einiger durchaus brisanter Artikel aufgefallen:

"Regisseur ohne Respekt."

"Hasenopfer für Hollywood."

"Amerika geht über Leichen."

In einer der Zeitungen wurde der Artikel sogar von zwei

Fotos von niedlichen Hasen am Zaun der Baustelle des künftigen Hauptstadtflughafens flankiert.

So kam es, dass sich pünktlich um neun Uhr morgens am von der Öffentlichkeit abgeschirmten Hintereingang des Hotel Adler wesentliche Teile von Hollywoods Prominenz gut gelaunt und nichts ahnend auf zwei Busse verteilten und auf den Weg zum Flughafen begaben.

Das Wetter war deutlich besser als am Vortag. Es war trocken. Sonne und Wolken wechselten sich ab. Gemächlich näherte sich der Konvoi dem Flugplatz.

Aber diesmal waren es nicht jeweils drei Demonstranten und drei Kamerateams, die die Ankömmlinge dort erwarteten, sondern mindestens dreihundert Demonstranten und ein volles Dutzend Kamerateams.

Hollywoods Stars sahen durch die Busfenster erstaunt und ein wenig verstohlen auf das Treiben. Unter lautstarkem Protest der wartenden Menge und nach ein bisschen Gerangel mit dem Wachdienst des Flughafens, das in einem Sender des Berliner Lokalfernsehens sogar live übertragen wurde, konnten die beiden Busse dann immerhin das Einfahrtstor passieren.

Steven konnte kaum glauben, was vor sich ging, und wandte sich fragend an Dexter: "Was ist denn das?"

Dexter gab mit nüchterner Agentenlogik zurück: "Das ist ein Problem."

Steven missfiel diese ungerührte Feststellung des Offensichtlichen, und er blaffte zurück: "Ich dachte, ich hätte Sie engagiert, damit es hier keine Probleme gibt."

Dexter erwiderte trocken: "Meine berufliche Existenz beruht nicht darauf, dass es keine Probleme gibt, sondern darauf, dass ich Probleme löse. Und auch für dieses Problem hier werden wir eine Lösung finden."

Das Filmteam begab sich in die Flughafenhalle. Dort waren die Handwerker und Kameraleute bereits voll in Aktion, und die Schauspieler zogen sich geschäftig in die für sie vorbereiteten Künstlergarderoben zurück.

Steven und Dexter eilten kreuz und quer zwischen den einzelnen Teilen der Mannschaft hin und her, erteilten Anweisungen und warfen hin und wieder ein wenig ratlos einen Blick in Richtung der Zufahrt der Flughafenbaustelle. Mit steigender Beunruhigung nahmen sie dabei zu Kenntnis, dass die Demonstranten keinerlei Anstalten machten, sich zurückzuziehen. Es sah sogar eher so aus, als ob die Menge immer größer würde.

Kurz nach Mittag verschärfte sich die Lage dann weiter. Denn ein unscheinbares Männlein tauchte in der Flughafenhalle auf, stellte sich als Mitarbeiter der Naturschutzbehörde des Landes Brandenburg vor und bestand darauf, den Verantwortlichen zu sprechen.

Der Beamte wurde zu Steven Vielwerk geführt. Als er diesem von Angesicht zu Angesicht gegenüberstand, registrierte er zwar durchaus, dass er den berühmten Hollywood-Regisseur vor sich hatte. Davon ließ er sich aber keineswegs beeindrucken und ging unter Verzicht auf freundliche Begrüßungsfloskeln direkt zum Angriff über: "Darf ich fragen, was Sie hier tun? Sehe ich das richtig, dass es sich bei den Aktivitäten hier um Dreharbeiten handelt? Oder was soll das alles sonst darstellen?"

Und als er nicht unmittelbar eine Antwort bekam, wertete er dies kurzerhand als Bestätigung und fuhr fort: "Dürfte ich dann bitte die entsprechende Genehmigung der Naturschutzbehörde des Landes Brandenburg sehen?"

Dexter, der sich neben Steven postiert hatte, erwies sich als perfekter Dolmetscher. Nachdem er die Frage des Beamten übersetzt hatte, gab er in lupenreinem Deutsch Stevens Antwort zurück: "Wir haben nicht nur die Genehmigung, sondern sogar eine ausdrückliche schriftliche Einladung des Bürgermeisters von Berlin, dass wir hier am zukünftigen Flughafen von Berlin drehen dürfen. Das sollte doch wohl ausreichen."

Der Beamte lachte nur kurz höhnisch auf und antwortete spitz: "Ich muss schon sagen: Ihre Antwort zeugt von erstaunlicher Naivität. Aber vielleicht sind Sie ja tatsächlich so unbedarft, wie Sie tun. Dann sollte ich Sie über einige nicht ganz unwesentliche Fakten aufklären.

Erstens befinden wir uns hier nicht in Berlin, sondern im Land Brandenburg. Und mittels dieser Beobachtung gelangen wir unvermeidlich zu einigen weiteren Erkenntnissen. Es sollte Sie also nicht überraschen, dass zweitens Einladungen des Bürgermeisters von Berlin hier in Brandenburg prinzipiell keine Gültigkeit haben. Hier gilt nämlich das Recht des Landes Brandenburg. Und dass bedeutet drittens, dass gemäß Durchführungsverordnung Nummer 4430 des Landes Brandenburg öffentliche Dreharbeiten im Land Brandenburg grundsätzlich vorab zu genehmigen sind, und zwar durch die Naturschutzbehörde des Landes Brandenburg."

Der Beamte ließ Dexter übersetzen und fuhr dann fort: "Dürfte ich Sie also nochmals höflichst ersuchen, mir eine derartige Genehmigung vorzulegen?"

Dexter gab die Frage auf Englisch weiter, Steven zuckte nur leicht mit den Schultern, und Dexter gab zurück: "Ein derartiges Papier haben wir leider nicht parat. Aber da Sie ja offenbar von der Naturschutzbehörde des Landes Brandenburg kommen, wissen Sie vermutlich bereits, ob eine solche Genehmigung für uns ausgefertigt wurde oder nicht."

Der Beamte entgegnete: "In der Tat. Nach meinem Kenntnisstand ist es so, dass Ihnen die für Dreharbeiten erforderliche Erlaubnis meiner Behörde fehlt."

Eine kurze Pause entstand, während derer Dexter langsam seine Augenbrauen in die Höhe zog und einen bohrenden Blick auf den Beamten warf.

Dieser fuhr aber ungerührt fort: "Ah, ich sehe, Sie entwickeln eine Vorstellung, was das bedeuten könnte. Ich denke, ich kann Ihre Ahnungen bestätigen: Ohne Genehmigung dürfen Sie hier nicht drehen."

Dexter wies mit einer ausladenden Armbewegung auf das versammelte Filmteam und erwiderte: "Mit Ihren Bedenken kommen Sie allerdings viel zu spät, als dass wir sie noch irgendwie berücksichtigen könnten."

Nun ließ der Beamte seinem Zynismus endgültig freien Lauf: "Ah, mir scheint, Ihre Naivität ist noch größer, als ich dachte. Denn Ihnen sollte doch wohl klar sein, dass ich bei ungenehmigten Dreharbeiten hier alles ratzfatz beschlagnahmen lassen kann."

Dexter schwieg einen Moment und tuschelte dann kurz mit Steven. Schließlich verkündete er: "Herr Vielwerk und ich würden uns zur Beratung der Lage gerne für einen Augenblick zurückziehen."

Der Beamte grinste nur hämisch: "Ich denke, ich kann warten. Jedenfalls bin ich sehr gespannt auf das Ergebnis Ihres Gedankenaustauschs."

Steven und Dexter gingen in einen Nebenraum der Flughafenhalle. Steven war klar, dass eine derart skurrile Situation eine sofortige Rücksprache mit dem Berliner Bürgermeister erforderte. Glücklicherweise gelang es ihm auch, diesen binnen weniger Minuten ans Telefon zu bekommen. Steven schilderte zunächst die Lage. Und der Bürgermeister, der peinlich berührt war, dass die von ihm gegebene Zusage durch irgendeinen nachrangigen Beamten in Frage gestellt wurde, sicherte sein sofortiges Kommen zu und fügte beschwichtigend hinzu: "Machen Sie sich keine Sorgen! Da finden wir garantiert eine Lösung. So ein lachhaftes Hindernis lässt sich sicher schnell aus dem Weg räumen."

Als das Telefonat beendet war und Steven weiter über die Lage grübelte, durchzuckte ihn plötzlich noch eine andere Idee, und er beschloss, sich Rat suchend auch an Gregor Riesi zu wenden. Immerhin war dieser doch ziemlich eindeutig der freundlichste Deutsche gewesen, dem er bei seinem vorigen Besuch in Berlin begegnet war.

Auch in diesem Fall hatte Steven Glück, und es gelang ihm, zügig eine Telefonverbindung herzustellen. Nachdem er das Problem geschildert hatte, meinte er zu Riesi: "Sie hatten sich doch unter Verweis auf die inzwischen beigelegte Auseinandersetzung meiner Frau Cynthia mit unserem Nachbarn Arnold Hantelegger als mein Anwalt angeboten. Gilt Ihr Angebot denn noch? Falls ja, würde ich ganz gerne darauf zurückkommen."

Riesi erklärte prompt: "Aber selbstverständlich. Wenn ich einem lieben Freund und Kekskumpan meine Unterstützung anbiete, dann vertröste ich ihn im Ernstfall doch nicht mit Krümeln."

Steven fügte hinzu, dass er bereits den Berliner Bürgermeister dazu veranlasst hatte, sich auf den Weg zum Flughafen zu machen, und fragte dann: "Ich darf also auch auf Sie zählen?"

Riesi erwiderte: "Na, dann wollen wir doch einmal sehen,

wer fixer ist, der Berliner Bürgermeister oder Ihr Berliner Anwalt. Gehen Sie davon aus, dass ich in einer halben Stunde bei Ihnen bin. Denn wenn die Feuerwehr gerufen wird, dann muss sie auch ausrücken."

Und damit beendete Gregor Riesi das Telefonat und eilte zu seinem Wagen.

Steven und Dexter beschlossen, keine weitere Eskalation mit dem deutschen Beamten zu riskieren und im Nebenraum abzuwarten, bis die beiden deutschen Politiker auftauchen würden.

Gregor Riesi schaffte es tatsächlich, dem Berliner Bürgermeister mit seiner Ankunft an der Baustelle des künftigen Hauptstadtflughafens um einige Minuten zuvorzukommen. Steven hatte unterdessen eingefädelt, dass die beiden Deutschen unter Umgehung der Flughafenhalle direkt zu Dexter und ihm geführt wurden.

Nach kurzer Lagebesprechung, bei der Steven es vorsichtshalber nicht versäumte, den Bürgermeister beiläufig an das von ihm gegebene Wort zu erinnern, marschierten der Bürgermeister und Gregor Riesi entschlossen Seite an Seite in die Flughafenhalle zu dem Beamten der Naturschutzbehörde. Der Bürgermeister nuschelte zu Riesi: "Kopf hoch, Brust raus, Bauch rein. Überraschung ist der halbe Sieg."

Und in der Tat verfehlte dieser Stoßtrupp deutscher Politprominenz bei dem Beamten nicht eine gewisse Wirkung. Amerikanische Filmleute, selbst wenn sie aus Hollywood kamen und noch so berühmt sein mochten, zu gängeln, war eine Sache, aber sich dem frontalen Heranrücken geballter politischer Macht zu stellen, war schon etwas anderes. Der Beamte schluckte, hatte aber noch längst nicht vor, einfach klein beizugeben.

Das Resultat war eine hitzige Diskussion zwischen ihm und dem Berliner Bürgermeister. Der Bürgermeister setzte dabei ganz auf die Taktik, den Beamten mit schierer Wucht zu überrollen: "Das kann doch wohl nur ein Missverständnis sein, was ich da höre, nicht wahr? Sie wollen doch nicht etwa mit irgendwelchen Kinkerlitzchen meine Bemühungen um die deutsch-amerikanische Freundschaft torpedieren, oder? Denn bevor Sie das tun, sollten Sie lieber noch einmal genau nachdenken."

Als der Beamte auf seiner Sicht beharrte, polterte der Bürgermeister lautstark dagegen an: "Wenn Sie hier Vorschriften des Landes Brandenburg ins Feld führen, dann möchte ich Sie daran erinnern, dass Ihr Dienstherr, der Ministerpräsident des Landes Brandenburg, ein hochgeschätzter Parteifreund von mir ist. Ein Anruf von mir und Sie werden sich wundern, wie viel Feuer man auch in Brandenburg unterm Hintern bekommen kann."

Der Beamte war durchaus beunruhigt über diese Verschärfung der Diskussion, entgegnete aber: "Wollen Sie mir etwa drohen, nur weil ich mich an die Vorschriften halte?"

Der Bürgermeister setzte nach: "Nein, ich drohe Ihnen, weil Sie sich einer offensichtlich erforderlichen Lösung verweigern."

Der Bürgermeister und der Beamte standen sich für einen kurzen Moment mit geröteten Köpfen schweigend und schnaufend gegenüber, und fast sah es so aus, als ob der Bürgermeister dem Beamten als Nächstes leibhaftig an den Kragen gehen würde.

Dies schien Gregor Riesi genau der richtige Augenblick zu sein, um einzugreifen. Er lächelte den Beamten ganz entspannt an und warf ein: "Dürfte ich wohl eine kurze Zwischenfrage stellen?"

Der Beamte ließ seinen Blick langsam vom Bürgermeister zu Riesi wandern, woraufhin Riesi so sachlich wie möglich fragte: "Was wären denn Ihre Bedingungen für eine Genehmigung?"

Der Beamte schnaubte das Einzige hervor, das ihm in seiner Erregung und in seiner Eigenschaft als Vertreter der Naturschutzbehörde des Landes Brandenburg so schnell dazu einfiel: "Keine Hasen auf dem Gelände!"

Riesi hielt kurz inne, bevor er ruhig nachhakte: "Wäre das alles? Dann würden Sie die Genehmigung erteilen?"

Der Beamte nickte verwirrt, ohne die Tragweite seiner kleinen Kopfbewegung zu ermessen.

Denn nun flötete Riesi: "Ach, das höre ich aber gerne. Dann zeichnet sich ja bereits eine hervorragende Lösung für Ihre kleine Meinungsverschiedenheit mit dem Herrn Bürgermeister ab. Wir finden einfach für die Hasen auf dem Flughafengelände eine schöne neue Heimat in einem idyllischen Naturschutzgebiet in Brandenburg, und die Dreharbeiten können wie geplant stattfinden."

Dem Beamten verschlug es die Sprache. Der Berliner Bürgermeister hingegen war geschmeidig genug, sofort die Genialität von Riesis Schachzug zu erkennen. Er schaltete blitzartig in jovialen Modus um, klopfte dem Beamten kräftig auf die Schulter und verkündete: "Na, sehen Sie, wie leicht sich Lösungen für all Ihre Bedenken finden lassen."

In seiner Sprachlosigkeit dämmerte es nun langsam dem Beamten, dass die Durchführungsverordnung Nummer 4430 des Landes Brandenburg dem geballten Einfluss und Einfallsreichtum der politischen Prominenz vermutlich nicht standhalten würde und dass er gerade den erfreulichen Fortgang seiner Laufbahn riskierte.

Nach kurzer Erstarrung stieß er leise zwischen den Zähnen hervor: "Wie Sie meinen."

Zur Besiegelung des Deals ging ein weiterer Prankenschlag des Bürgermeisters auf seine Schulter nieder, bevor der Beamte noch reichlich verkniffen fragte: "Und wie wollen Sie die Hasen umsiedeln?"

Mit Bewunderung registrierte der Berliner Bürgermeister, dass Gregor Riesi auch zu dieser Rückfrage nicht um eine Antwort verlegen war und prompt erklärte: "Ganz einfach: Wir werden die Hasen zum Zufahrtstor des Flughafengeländes treiben, sie dort in die Obhut der demonstrierenden Naturfreunde übergeben und diese bitten, die Hasen in einer geeigneten Umgebung wieder auszusetzen."

Dem Beamten schien weiterer Widerstand zwecklos. Er erklärte, er werde sich persönlich von der erfolgreichen Umsiedlung der Hasen überzeugen. Um zumindest ansatzweise sein Gesicht zu wahren, richtete er sich daraufhin kerzengerade auf und verkündete: "Und nun entschuldigen sie mich bitte. Ich habe auch noch anderes zu tun."

Der Bürgermeister erwiderte mit breitestem Lächeln: "Aber gerne. Wir möchten Sie nur ungern aufhalten."

Als der Beamte verschwunden war, schlug der Berliner Bürgermeister anerkennend auch noch Gregor Riesi auf die Schulter. Und dann gingen die beiden zu Steven und Dexter, die sich vorsorglich außer Sichtweite gehalten hatten, und berichteten vom Erfolg ihrer Unterredung.

Um nun auch die Umsetzung seines schönen Plans einzufädeln, bot Riesi sich als Unterhändler an und ging zu den Demonstranten vor dem Zufahrtstor.

Dort verkündete er: "Liebe Freunde, es gibt gute Neuigkeiten! Wir haben einen Kompromiss zwischen den Leuten aus Hollywood und der Naturschutzbehörde erzielt. Die Hasen werden vom Flughafengelände in ein Naturschutzgebiet umgesiedelt. Im Hinblick auf den zukünftigen Flughafenbetrieb können sie ja ohnehin nicht hier bleiben.

Aber hierzu brauchen wir eure Unterstützung. Ihr seid doch sicher gerne bereit, dabei mitzuhelfen, den Hasen den Weg in eine glückliche Zukunft zu bahnen, nicht wahr?

Morgen werden wir mit vereinten Kräften die Hasen hier zum Zufahrtstor trieben. Und wer wäre besser geeignet, sie hier in Empfang zu nehmen und in ihre neue grüne Heimat zu bringen, als ihr?"

Da Riesi sich als Vermittler präsentierte und bei seiner Ankündigung den Überraschungseffekt auf seiner Seite hatte, erntete er sogar Beifall. Und so gelang es ihm auch, nach seiner kleinen Ansprache unter den Demonstranten ein halbes Dutzend Vorkämpfer zu identifizieren und mit diesen zu verabreden, dass sie sich der Planung und Durchführung des Hasentransports annehmen würden.

Nachdem somit auch die Umsetzung seines Plans unter Dach und Fach war, erstattete Riesi den anderen in der Flughafenhalle Bericht: "Das heißt also, morgen werden mit Unterstützung durch die Demonstranten sämtliche Hasen vom Flughafengelände evakuiert. Und ich hoffe doch sehr, dass sich auch vom Filmteam niemand zu schade ist mitzuwirken. Schließlich brauchen wir jeden, den wir kriegen können. Es nützt ja nichts, wenn hier nachher immer noch Dutzende Hasen herumhoppeln. Natürlich stelle ich mich auch selbst als Treiber zur Verfügung."

Da der Berliner Bürgermeister fürchtete, seine Ehre könne andernfalls ein wenig Schaden nehmen, erklärte er: "Ich werde mich ebenfalls bemühen, morgen dabei zu sein. Aber nun muss ich zu Terminen in die Stadt."

Riesi schloss sich an: "Ja, ich denke, ich sollte jetzt auch gehen, damit ich mich noch um ein paar Sachen kümmern kann."

Er und der Bürgermeister verschwanden. Und die Schauspieler, die während der ganzen Zeit zunehmend gelangweilt in ihren Künstlergarderoben auf den Beginn der Dreharbeiten gewartet hatten, wurden darüber ins Bild gesetzt, dass der Einsatz am Flughafen für den heutigen Tag beendet war und es nun mit den Bussen zurück zum Hotel Adler gehen würde.

Während der Rückfahrt wurde dann das gesamte Team von Steven und Dexter, die sich auf die beiden Busse verteilt hatten, über die geplante Vertreibung der Hasen am nächsten Tag informiert. Die Aufforderung, dass sich doch bitte alle als Treiber beteiligen sollten, stieß allerdings insbesondere bei den Hollywood-Stars zunächst auf wenig Gegenliebe.

25. Kapitel
März 2012 in Berlin

Reges Treiben

Als am nächsten Morgen die Sonne vom strahlend blauen Himmel schien, alle die Ereignisse des vergangenen Tages einmal überschlafen hatten und die versammelte Mannschaft um neun Uhr am Hotel Adler die beiden Busse bestieg, konnte Steven beruhigt feststellen, dass die Stimmung gekippt war und sich die meisten nun auf die bevorstehende Treibjagd zu freuen schienen. Sogar seine Stars vermittelten den Eindruck, als ob sie bei dem außergewöhnlichen Outdoor-Einsatz mitmachen wollten.

Am Flughafentor wurden die beiden Busse zwar nicht mehr von ganz so vielen Menschen erwartet wie am Tag zuvor, aber es waren allemal genug Leute da, um weitere Treiber zu rekrutieren und für eine geordnete Aufnahme der Hasen in die bereitstehenden Lastwagen zu sorgen.

In der Flughafenhalle wartete bereits Gregor Riesi, und auf einem Tisch neben ihm standen drei große Schüsseln voll mit Keksen. Steven war sofort klar, dass dies kein Zufall sein konnte. Er schaute neugierig in die Schüsseln und stellte erfreut fest, dass darin neben Zimtmakronen von Riesis Frau auch Mohnkekse nach Cynthias Rezept lagen. Steven war gerührt, wies auf Riesi und verkündete den Umstehenden: "Schaut her! Mein Freund und Anwalt! Und er liebt gute Plätzchen, genau wie ich."

Riesi bemühte sich, den Ball flach zu halten, und erklärte: "Die Zierkekse obendrauf hat meine Frau gestern Abend noch gebacken. Aber alles darunter kommt vom Discounter."

Das minderte Stevens Freude aber in keiner Weise.

In der Flughafenhalle liefen nun zunächst einmal alle emsig kreuz und quer durcheinander.

Danny Levino, dem sofort klar war, dass Gregor Riesi das reale Vorbild für die Rolle war, die er spielen sollte, gesellte sich zu diesem und fragte fröhlich: "Na, wen haben wir denn hier? Bist du etwa der Staatschef von Ostdeutschland, der versehentlich den gesamten Eisernen Vorhang in die Luft gesprengt hat und den ich nun in Stevens neuem Film darstellen darf?"

Riesi beschloss, die Dinge ein wenig gerade zu rücken:

"Staatschef der Deutschen Demokratischen Republik und Vernichter der innerdeutschen Grenzanlagen bin ich nur in Boris Ballers Roman *Die Kanzlerin der Einheit*. Im realen Leben bin ich lediglich Abgeordneter einer kleinen, aber feinen Oppositionspartei im Deutschen Bundestag."

Danny grinste: "Nun mach dich mal nicht kleiner, als wir sind! Wir beide können es uns nun wirklich nicht erlauben, uns noch kleiner zu machen, als wir ohnehin schon sind. Ich für meinen Teil gehe jedenfalls mal davon aus, dass du nicht einfach so ohne Grund lebendes Vorbild für die Figur in Boris Ballers Bestseller bist."

Riesi zuckte mit den Achseln: "Ich habe wirklich keine Ahnung, warum er mir unbedingt eine neue Vergangenheit andichten musste. Aber wir können Boris ja fragen. Schließlich ist er auch hier."

Danny ging vorerst darüber hinweg und meinte: "Und so wie Boris seine Gründe hatte, dich zum Staatschef Ostdeutschlands zumachen, hatte Steven offenbar seine Gründe, mich zu deinem Darsteller zu machen."

Riesi war klar, dass Danny auf äußerliche Ähnlichkeiten anspielte, und erwiderte schmunzelnd: "Wenn ich uns so sehe, muss ich schon einräumen, dass es gewisse Gemeinsamkeiten gibt."

Danny beschloss, den Gedanken weiter zu verfolgen: "Hat dir Steven schon erzählt, dass einer meiner Großväter ein Kaufmann aus Berlin war? Er ist mit seinen Geschäften bis nach Neapel gekommen. Dort hat er meine Großmutter geschwängert und sie dann einfach schnöde sitzen lassen."

Riesi war erstaunt über diese neue Perspektive.

Danny dagegen fuhr ganz locker fort: "Ich finde, das sollten wir mal abklären lassen. Heutzutage ist ein Gentest doch keine große Sache mehr. Man könnte es doch wohl für möglich halten, dass wir zwei aus ein und demselben Stall kommen, oder?"

Riesi erwiderte lächelnd: "Wenn du meinst."

Da schwebte Julia Topherz an den beiden vorbei. Sie war von ihren Betreuern kurzerhand als Schmetterling verkleidet worden, um so mit den bunten Flügeln, die sich nun an ihren Armen entfalteten, bei der bevorstehenden Treibjagd die Hasen besser aufscheuchen zu können.

Dannys Blick wanderte wie durch magnetische Anziehung getrieben von Riesi weg zu Julia hin. Mit großen Augen sog er den prächtigen Anblick auf und murmelte nur: "Oi, oi, oi, pretty woman!"

Unterdessen verteilte Dexter Trommeln und Pfeifen, die er am Vorabend noch beschafft hatte. Und als besonderes Highlight präsentierte ein Tontechniker ein Flughafenfahrzeug, auf dem ein Lautsprecher montiert war, aus dem nun schauerliches Wolfsgeheul erklang.

Steven rief daraufhin alle Beteiligten zusammen und verkündete: "Also, alle mal herhören! Jetzt geht's los zum Hasenjagen! Und zwar systematisch, wenn ich bitten darf! Das heißt, wir marschieren gesammelt zum einen Ende des Geländes, bilden dort eine Menschenkette und treiben die Hasen zunächst in Richtung der Flughafengebäude. Dann umrunden wir die Gebäude und dehnen unsere Kette weit genug aus, um auch noch das andere Ende des Geländes zu erreichen. Und schließlich treiben wir die Hasen auf das Zufahrtstor des Flughafens zu, wo sie hoffentlich vom versammelten deutschen Naturschutz in Empfang genommen und in ihre neue Heimat gebracht werden. Also, immer darauf achten, dass keine großen Lücken in unserer Kette entstehen, sodass wir nicht auf halber Strecke wieder von vorne an-fangen müssen."

Mit diesen Worten zogen Dexter und Steven los und marschierten aus der Flughafenhalle hinaus ins Freie. Das Filmteam, Gregor Riesi und ein Teil der Deutschen, die morgens noch am Tor gestanden hatten und inzwischen als zusätzliche Treiber angeheuert worden waren, folgten. Über das Rollfeld ging es in Richtung der abgelegensten Ecke des Flughafengeländes.

Steven hatte mächtig Spaß an dieser ungewöhnlichen Form der Regieführung und dachte lächelnd: "So lässt es sich leben. Und es scheint sogar die Sonne. Da könnte man sich ja glatt fragen, ob mein völlig verregneter Besuch hier im ver-gangenen September nur ein böser Traum war."

An der Umzäunung des Flughafengeländes angekommen verteilte sich der gesamte Tross, um quer über das Gelände eine Kette von Treibern zu bilden. Stevens Sinn für Regie lief auf Hochtouren, und er rief zu Julia Topherz: "Magst du vielleicht in deinem Schmetterlingskostüm voranflattern und uns entlang des Weges dirigieren?"

Julia gefiel die Idee, und sie bezog etwa hundert Meter vor den anderen Position. Indem sie mit ihren Armen und den daran flatternden Flügeln gestikulierte, brachte sie nach und nach Ordnung in die Formation der Treiber. Dann gab sie unmissverständlich Zeichen, mit dem Trommeln und Pfeifen zu beginnen. Und auch vom Lautsprecherwagen, der hinter der Treiberkette herfahren sollte, um die Hasen von einem Durchbruch durch die Front abzuhalten, ertönte nun das Wolfsgeheul.

Auf dem ganzen Gelände reckten sich schlagartig Hunderte Hasenohren starr vor Schreck in die Höhe.

Angeführt von Julia Topherz als Schmetterling und gefolgt von dem Flughafenfahrzeug als Wolf begann der langsame Vormarsch der trommelnden und pfeifenden Treiberkette.

Die Hasen waren ohne Zweifel beeindruckt. Solange sie sich in ihrer jeweiligen Komfortzone noch nicht ernsthaft bedroht fühlten, betrachteten sie nur ungläubig die herannahende Front. Aus ihrer Perspektive waren dies eindeutig die seltsamsten Menschen, die sie je gesehen hatten. Sobald die Treiberkette aber näher rückte, gingen sie nach und nach dazu über, Reißaus zu nehmen.

Vorerst schien die Treibjagd also planmäßig über die Bühne zu gehen. Es dauerte allerdings nicht lange, und Arnold Hantelegger sah vor sich in einem Erdloch einen Hasen sitzen, der keinerlei Anstalten machte davonzuhoppeln

Arnold sah zu dem Hasen hinunter und rief: "Bist du schwerhörig? Oder bist du einfach nur stur?"

Als er dann direkt über dem Hasen angekommen war, wusste er sich nicht anders zu behelfen, als den Hasen an dessen Ohren aus dem Erdloch zu ziehen. Das war kein großes Problem, aber der Hase baumelte nun apathisch an Arnolds ausgestrecktem Arm.

Arnold drehte sich zur Seite und hielt dem neben ihm marschierenden Danny Levino den Hasen entgegen und fragte verunsichert: "Und was mache ich jetzt?"

Von Danny kam aber keine Antwort, denn dessen Augen waren ganz gebannt auf Julia Topherz gerichtet, die der Front weiterhin als Schmetterling voräntänzelte. Danny murmelte nur: "Oi, oi, oi, pretty woman!"

Arnold setzte ein wenig ratlos mit dem Hasen am ausgestreckten Arm zusammen mit den anderen den Vormarsch fort und dachte derweil: "Einen Hasen am langen Arm einige Kilometer bis zum Flughafentor vor sich her zutragen, ist sicher ein hervorragendes Training für die Nackenmuskulatur. Nicht zuletzt, da mir scheint, dass ich hier ein wirklich wohlgenährtes Exemplar an den Löffeln gepackt habe. Aber das kann doch wohl nicht die Lösung sein."

Arnold beschloss, den baumelnden Hasen sanft zu schütteln, und rief: "Aufwachen! Oder ich hole meine Nihilator 17 aus dem Keller. Und ich kann dir sagen: Das wird dann kein Spaß für dich. Das Einschlussloch ist vermutlich größer als dein träges Bäuchlein."

Die Drohung wirkte. Schlagartig begann der Hase, mit allen vieren um sich zu schlagen und verängstigt auf Arnold zu starren.

Arnold beugte sich ein wenig vornüber, fixierte den Hasen mit strengem Blick und mahnte: "Ich hoffe, du weißt, in welche Richtung es nun für dich zu gehen hat!"

Dann ließ Arnold die Hasenohren los, und der Hase stürmte tatsächlich seinen Artgenossen hinterher. Arnold war zufrieden.

Wenige Minuten später gab es aber bereits den nächsten Zwischenfall. Ein Hase stürmte für alle unübersehbar in fliegendem Galopp von vorne heran und durchbrach die Treiberkette nach hinten. Direkt neben Brad Hit jagte er vorbei.

Brad zögerte nicht lange, ließ seinen Posten in der Treiberkette im Stich und spurtete dem Hasen hinterher. Das wollte er nicht auf sich sitzen lassen, dass die Front gerade bei ihm nicht hielt.

Das Schauspiel, das sich nun bot, wollten sich aber auch die anderen Treiber nicht entgehen lassen. Mit einem Schlag wandten sich sämtliche Blicke nach hinten und verfolgten, wie Brad Hit dem Hasen hinterhereilte.

Julia Topherz dagegen erkannte sofort, dass nun ein Zusammenbruch der gesamten Front drohte. So gut sie konnte, flatterte sie im Schmetterlingskostüm vor der Treiberkette hin und her und schrie: "Augen nach vorne! Keine Nachlässigkeiten! Und trommelt gefälligst weiter, ihr Pfeifen!"

Da Danny Levino der Einzige war, der Julia weiterhin seine ungeteilte Aufmerksamkeit schenkte, sprang er ihr zur Seite und half ihr, wieder Ordnung in die Formation zu bringen.

Weil die Treiber durchaus einsahen, dass ein Zusammenbruch ihrer Kette nicht wünschenswert war, konzentrierten sie sich also wieder etwas mehr darauf, dass es zu keinen weiteren Hasendurchbrüchen kommen sollte. Aber kaum einer konnte es sich verkneifen, immer wieder hinter sich zu blicken und zu bestaunen, wie Brad Hit kreuz und quer über die Weiten des Flughafengeländes hinter dem flüchtigen Hasen herspurtete.

Arnold Hantelegger pfiff anerkennend durch die Zähne: "Der ist ja wirklich fit, der Junge!"

Nachdem es einige Minuten hin und her ging und zunehmend der Eindruck entstand, dass Brad Hit bei allem Einsatz keine Chance hatte, schlug der Hase unversehens einen weiteren Haken und jagte nun direkt auf die Treiberkette zu.

Steven Vielwerk schrie nur: "Gasse!"

Und tatsächlich fegte der Hase dicht gefolgt von Brad Hit zwischen Gregor Riesi und Boris Baller durch die Menschenkette hindurch.

Der Hase entschwand in der Ferne. Brad Hit spurtete ihm

noch bis zu Julia Topherz hinterher und brach völlig erschöpft vor ihren Füßen zusammen. Schwer keuchend lag er mit seinem Rücken auf dem Rollfeld des künftigen Hauptstadtflughafens.

Von der Treiberkette her brandete kräftiger Beifall auf, während Brad nach Atem rang. Aber da Brad wusste, dass ein echter Held nicht allzu viel Aufhebens um seine Heldentat machen darf, rappelte er sich recht schnell wieder auf und reihte sich unter den bewundernden Blicken der anderen wieder in die Formation ein.

Julia Topherz war indes heilfroh, dass die Front bei dem ganzen Spektakel nicht in sich zusammengefallen war, und gab durch kräftiges Schlagen ihrer bunten Schmetterlingsflügel das Signal zum weiteren Vorrücken.

Die Umrundung der Flughafengebäude gelang dann sogar reibungslos. Und auch die gegenüberliegende Ecke des Flughafengeländes wurde erreicht.

Schließlich begann die heiße Phase, in der die Hasen auf das Zufahrtstor des Flughafens zugetrieben wurden. Die Kette der Treiber zog sich langsam zusammen und wurde engmaschiger. Dies war allerdings auch nötig, da nun auch die Hasendichte vor der Front deutlich zunahm.

Dafür stieg aber auch die Zahl der Hasen an, die im Einfahrtstor ihren letzten Fluchtweg erkannten.

Am Tor hatten die vormaligen Demonstranten unterdessen mittels Absperrgittern Gassen gebildet, die direkt auf die Rampen ausgerichtet waren, die ins Innere der drei Lastwagen führten. Der Berliner Bürgermeister, der sich morgens zunächst nicht hatte blicken lassen, dirigierte inzwischen souverän die Hasenverladung.

Und es klappte wirklich. Die in die Enge getriebenen

Hasen rannten die Rampen hinauf und verschwanden in den Laderäumen.

Kurz nach Mittag war es geschafft. Die Laderampen der Lastwagen wurden hochgeklappt, nachdem vierhundertdreiundachtzig Hasen gezählt worden waren. In Begleitung einiger deutscher Naturschützer begannen die Hasen daraufhin ihre Fahrt in das für sie auserwählte Naturschutzgebiet Brandenburgs.

Erschöpft, aber glücklich versammelten sich die Treiber in der Flughafenhalle.

Zufrieden stellten sie fest, dass dort bereits ein herzhaftes Mittagessen auf sie wartete. Und zum Nachtisch gab es nicht nur Tee und Kaffee, sondern auch jede Menge Kekse von Gregor Riesi.

Julia Topherz, die sich inzwischen ihrer Schmetterlingsflügel entledigt hatte, meinte zu Steven: "Wenn der gesamte Dreh mit so viel Spaß weitergeht, wie er begonnen hat, dann wird dieser Film bestimmt ein großer Erfolg."

Steven lobte Julia im Gegenzug für ihre Rolle als glamouröse Anführerin der Treiberkette.

Dexter dagegen rätselte weiter über die wundersame Hasenvermehrung und sagte zu Steven: "Schade, dass man Hasen nicht befragen kann. Es kann doch nicht sein, dass sich auf natürlichem Wege über Nacht Hunderte von Hasen in einem abgezäunten Gelände versammeln. Und es gab nicht einmal Möhren umsonst."

Danny verabredete sich unterdessen für den Abend mit Gregor Riesi, um zusammen mit diesem bei einem Gläschen Wein den potentiellen gemeinsamen Wurzeln genauer auf den Grund zu gehen.

Und Steven hielt sich derweil vor Augen, dass zwar nun immerhin schon zwei kostbare Drehtage verloren waren, dies aber offenbar nichts daran ändern konnte, dass er bester Laune war.

Nur Knutins Agent Dimitri, der die Hasenjagd aus sicherer Entfernung durch sein Fernglas beobachtet hatte, war unzufrieden. Dass seine Maßnahme zur Blockade der Dreharbeiten so zügig und effektiv neutralisiert worden war und das Filmteam anscheinend sogar Spaß dabei gehabt hatte, gefiel ihm gar nicht. Und ohne dass er recht erklären konnte warum, lief ihm auch immer wieder ein leichter Schauer den Rücken hinunter, sobald er Dexter durchs Fernglas erspähte.

Schließlich dachte er: "Nun gut. Es ist, wie es ist. Wenn weder Querschläger in Hollywood noch Hasen aus Polen nachhaltig die gewünschte Wirkung erzielen, dann sollte ich es vielleicht doch einmal mit Maßnahmen auf meinem Spezialgebiet probieren und einen hübschen kleinen Cocktail mixen."

26. Kapitel
März 2012 in Berlin

Pretty Woman

Am nächsten Morgen, als sich alle Beteiligten am Hintereingang des Hotel Adler versammelten, um die beiden Busse zu besteigen, fehlte Danny Levino.

Steven dachte: "Nun gut, dann muss er eben ein Taxi nehmen." Nichtsdestotrotz ging er noch einmal zurück zum

Hoteleingang und rief ins Foyer hinein: "Danny, du lahme Ente, wo steckst du?"

Da schlurfte der Gerufene aus einem Flur her auf ihn zu. Sein Gesicht war weitgehend von einer riesigen Sonnenbrille verdeckt. Offenbar hatte Danny eine kurze Nacht gehabt. Steven beschränkte sich darauf, wortlos und mit leicht tadelndem Augenaufschlag zuzusehen, wie Danny auf ihn zuwatschelte.

Als dieser bei ihm angekommen war, durch die Sonnenbrille zu ihm hinauf sah und nur einmal langsam die Schultern hochzog und wieder fallen ließ, fragte Steven lediglich: "Na, nicht so gut geschlafen?"

Danny zuckte zusammen und flüsterte mit rauer Stimme: "Mei, oh mei! Meine Güte! Ich kann dir sagen. Ich habe gestern Abend, oder vielleicht war es auch heute Morgen, mit Gregor Riesi Bruderschaft getrunken. Ei, ei, ei! Oi, oi, oi! Au, au, au!"

Er verstummte. Als Steven daraufhin aber nur ungerührt auf weitere Erläuterungen wartete, fuhr Danny fort: "Je später es wurde, desto tiefer sind wir irgendwo im Osten von Berlin versackt. Dann habe ich irgendwann vorgeschlagen, dass wir auch ohne Gentest Bruderschaft trinken können. Da hat der Gregor gesagt: Wenn man im Osten Bruderschaft trinkt, dann tut man das mit Wodka. Und von da an habe ich nur noch sehr, sehr vage Erinnerungen an den gestrigen Abend. Aber ich glaube, wir waren noch tanzen."

Steven, der für Alkohol am Set wenig Nachsicht aufbrachte, entgegnete in einer Mischung aus Tadel und Ermunterung: "Na, dann steig mal in den Bus! Wenn du das schaffst, schaffst du ja vielleicht auch den Rest des Tages."

Danny gehorchte. Ein wenig unbeholfen erklomm er gefolgt von Steven die Stufen des Busses.

Als das Filmteam dann auf der Baustelle des zukünftigen Berliner Flughafens angekommen war, begannen die Vorarbeiten für den nun hoffentlich ersten echten Drehtag. Steven und Dexter erteilten rundum Anweisungen.

Plötzlich hielt Steven ein Schreiben in Händen, dessen Inhalt Dexter für ihn vom Deutschen ins Englische übersetzen musste und das sich als die Drehgenehmigung der Naturschutzbehörde des Landes Brandenburg herausstellte. Steven starrte auf das Dokument und murmelte kopfschüttelnd: "Vielleicht sollte ich mir dieses Papier rahmen lassen, am besten zusammen mit einem Foto von einem Keks von Gregor Riesis Frau. Und das Ganze hänge ich dann in mein Arbeitszimmer. Dafür könnte ich ja ein paar Plakate von meinem Ausflug zu den Sauriern von den Wänden nehmen. Ich glaube, diese Phase habe ich hinter mir."

Die Schauspieler hatten sich derweil in ihre Umkleiden zurückgezogen.

Julia Topherz stand ihre erste Verwandlung in Angela Rautel bevor. Eine besondere Bedeutung hatte dabei natürlich die Herrichtung der passenden Frisur. Der eigens engagierte Star-Frisör werkelte also mittels verschiedener Fläschchen und Tiegelchen, die er bereits zwei Tage zuvor fein säuberlich in Julias Garderobe aufgereiht hatte, auf Julias Kopf herum.

Dass Knutins Agent Dimitri in der vorausgegangenen Nacht nach erfolgter Präparation der Frisierutensilien einen kurzen Moment mit sich gerungen hatte, ob er vielleicht in eines der Fläschchen ein kleines aufgeklapptes Papierschirmchen stecken sollte, und dass er dann doch auf eine derartige Signatur seines Werkes verzichtet hatte, konnten derweil weder Julia Topherz noch der Star-Frisör wissen.

Zunächst ging alles seinen geplanten Gang. Julia Topherz

erschien fertig gestylt als Bundeskanzlerin Angela Rautel vor der Tür ihrer Garderobe. Mit passender Frisur und in originalgetreuem Hosenanzug präsentierte sie sich dem wartenden Team und fügte mit verschmitztem Lächeln ihre beiden Hände an den Fingerspitzen zur typischen Raute der Kanzlerin zusammen. Das Team beklatschte den gelungenen Auftritt.

Als Erstes sollte nun die Szene des Romans gedreht werden, in der Angela Rautel in ihrem Amtszimmer von der Nachricht überrascht wird, dass die gesamte innerdeutsche Grenze mit einem Schlag in die Luft geflogen ist.

Um der Szene einen etwas grandioseren Rahmen zu verleihen, sollte Angela Rautel zunächst im Kanzleramt die Staatstreppe hinabschreiten, um dann in ihrem Büro den entsprechenden Anruf entgegenzunehmen.

Also begann der Dreh damit, dass Julia Topherz als Angela Rautel eine passende Treppe im Gebäude des zukünftigen Hauptstadtflughafens hinunterging.

Die Szene wurde von allen Seiten ausgeleuchtet, und die Kamera surrte. Danny Levino, der seine Sonnenbrille inzwischen gegen eine runde Nickelbrille ausgetauscht hatte und auch sonst als Gregor Riesi hergerichtet war, ließ sich den Dreh der Treppenszene mit Julia Topherz selbstverständlich nicht entgehen und krächzte leise: "Oi, oi, oi, pretty woman!"

Nach der ersten Aufnahme war der Kameramann allerdings noch nicht so richtig zufrieden mit Julias Nachahmung von Angela Rautel. Ihm war nicht ganz klar warum, aber er rang sich zu dem Schluss durch, dass es vermutlich weniger an Julias Auftritt, sondern eher an der Beleuchtung lag.

Um seiner Autorität ein wenig Nachdruck zu verleihen,

rief er also: "Die Beleuchter sollen sich mal bitte etwas mehr konzentrieren. Irgendwie ist die Szene noch nicht authentisch."

Die Beleuchter justierten ihre Lampen nach, und der Kameramann rief: "Also, noch einmal bitte, Julia!"

Julia Topherz schritt erneut als Angela Rautel die Treppe hinab. Aber auf halber Strecke schrie der Kameramann bereits auf: "Ah, shit! Jetzt ist es noch schlechter. Wenn die Beleuchter sich bitte mal an das erinnern würden, was sie gelernt habe. Und dann nochmals bitte."

Die Beleuchter ruckelten ein wenig nervös an ihren Scheinwerfern herum. Und dann kam Julia Topherz ein drittes Mal die Treppe hinab.

Diesmal schlug der Kameramann nur schweigend die Hände über dem Kopf zusammen. Dann starrte er eine Weile gebannt auf Julia. Schließlich kam er hinter seiner Kamera hervor und ging zu Julia hinüber. Er griff leicht in ihre Haare und meinte dann verdutzt: "Es liegt nicht am Licht. Es sind die Haare, mit denen etwas nicht stimmt. Seit wann haben Angela Rautels Haare einen leicht bläulichen Schimmer?"

Julias Star-Frisör, der beim Dreh der Szene zugeschaut hatte, eilte herbei, starrte auf Julias Haare und rief entsetzt: "Mon Dieu! Wie ist das möglich?"

Der Kameramann zischte nur zwischen den Zähnen hervor: "Sie dämlicher Stümper!"

Julia bat um einen Spiegel, und als ihr dieser gereicht wurde, schrie sie auf: "Oh nein! Was ist mit meinen Haaren passiert? Das darf doch wohl nicht wahr sein!"

Der Kameramann fasste nochmals leicht in Julias Haare, ging einen Schritt zurück, wieder einen Schritt nach vorne und dann nochmals einen zurück und stieß schließlich entgeistert hervor: "Das wird ja immer blauer!"

So war es in der Tat. Im Verlauf der nächsten halben Stunde verwandelte sich Julias Haarfarbe nach und nach von dunkelblond über bläulich in unübersehbar blau.

Das Filmteam war in hellem Aufruhr und der Star-Frisör rief nur immer wieder: "Sabotage! Sabotage!"

Julia bemühte sich um Fassung und fragte schließlich leicht resigniert in die Runde: "Also, was meint ihr? Kann man Angela Rautel blaue Haare empfehlen?"

Steven Vielwerk und Dexter hatten das Farbdrama bislang nicht mitbekommen, da sie im Außenbereich des Flughafens die Vorbereitung der geplanten Sprengungen überwachten, und wurden nun hinzugerufen.

Steven ordnete an, sämtliche Fläschchen und Tiegelchen aus Julias Garderobe umgehend an ein geeignetes Labor zu schicken, damit sie dort auf ihre Inhaltsstoffe hin untersucht werden sollten. Und Dexter zermarterte sich sein Agentenhirn über der Frage, welcher Zusammenhang wohl zwischen der wundersamen Hasenvermehrung und der fehlfarbenen Kanzlerin bestehen mochte.

Schließlich wurde der Dreh der Treppenszene mit Julia Topherz für den heutigen Tag abgesagt. Und der Star-Frisör wurde fortgeschickt, um aus unverfänglichen Quellen neues Styling-Material zu beschaffen.

Nach kurzer Ratlosigkeit fragte Steven in die Runde: "Gibt es denn vielleicht auch eine Szene, bei der Haare keine so große Rolle spielen?"

Nach einem kurzen Moment allgemeinen Schweigens zeigte der Kameramann auf Danny Levino.

Steven lachte: "Stimmt. Da spielen Haare wirklich keine große Rolle."

Danny strich sich daraufhin mit einer Hand ganz langsam und ein wenig theatralisch über seine Glatze und mimte für einige Sekunden den Beleidigten.

Dann wurde beschlossen, nun zunächst die Szene zu drehen, in der Gregor Riesi an einem trüben Nachmittag im Februar des Jahres 2009 auf einer seiner Inspektionsreisen als Staatschef der Deutschen Demokratischen Republik einen Kontrollstand an der innerdeutschen Grenze besichtigt. Dort klickt er angesichts eines in der Videoüberwachung zu sehenden Hasen in einer Mischung aus Neugier und Machtgefühl erstmalig auf eine entsprechende Zünddatei und jagt so einen kleinen, örtlichen Grenzabschnitt in die Luft.

Es zeigte sich, dass Danny sich auch in seiner durch die vorausgegangene Nacht noch ziemlich angeschlagenen Verfassung nicht von einer überzeugenden Darstellung Gregor Riesis abhalten ließ. Am Ende war der Kameramann zufrieden und resümierte: "Schöne Szene. Und ganz ohne Haare."

Danny quittierte dies mit leicht pikiertem Blick.

Dimitri war zwar äußerst gespannt, wie sich sein nächtlicher Eingriff in die Frisierutensilien auf den Dreh ausgewirkt hatte. Er hatte es aber nicht gewagt, sich am helllichten Tage ins Flughafengebäude zu schleichen und den Ereignissen aus irgendeinem versteckten Winkel heraus selber beizuwohnen. Abends nahm er nur aus sicherer Distanz durch sein Fernglas zur Kenntnis, dass Julia Topherz offenbar mit einem Kopftuch bedeckt in den Bus huschte, um mit den anderen zurück zum Hotel Adler zu fahren.

Dimitri sah darin zumindest einen Teilerfolg. Ihm war aber klar, dass sich Haarfarben nicht nur einmal, sondern durchaus auch mehrmals hintereinander ändern lassen und dass ihm mit diesem Schachzug sicher keine Dauerblockade der Dreharbeiten gelungen war.

Also plante er insgeheim bereits seine nächste Attacke auf die Verfilmung von Boris Ballers Roman *Die Kanzlerin der Einheit*.

27. Kapitel
April 2012 in Berlin

Im Rausch

Der folgende Tag begann zunächst wie die vorigen mit der gemeinschaftlichen Fahrt vom Hotel Adler zur Baustelle des künftigen Flughafens der deutschen Hauptstadt. Wie an den Tagen zuvor hatte das Catering in der Flughafenhalle ein zweites Frühstück aufgetischt. Die meisten der Anwesenden nutzten das Angebot gerne und griffen beherzt zu einem Schnittchen oder eine Tasse Tee oder Kaffee.

Für den heutigen Tag hatte Dimitri allerdings ein wenig tiefer in seine Trickkiste gegriffen. Er hoffte, den Dreharbeiten einen Schlag zu versetzen, von dem sie sich wohlmöglich nicht wieder erholen würden.

Er hatte einen Mitarbeiter des Caterings bestochen, und dieser hatte das gesamte Wasser für Tee und Kaffee mit einer der neuesten Errungenschaften des russischen Geheimdienstes versetzt. Offiziell trugen die beiden Substanzen als Bezeichnung zwar nur irgendwelche Nummern, aber inoffiziell liefen sie unter der Bezeichnung "der Glockenschlag".

Diese beiden Substanzen, die Chemiker in den Geheimlaboren von Nowosibirsk ausgetüftelt hatten, waren so beschaffen, dass zu einem genau festgelegten Zeitpunkt nach ihrer Vermischung schlagartig eine massive Rauschwirkung eintrat. Die beiden Substanzen gehörten damit zur neuen Klasse der Timing-Drogen, bei denen man den Eintritt des Rausches bereits mehrere Stunden im Voraus minutiös planen konnte.

Und mit Hilfe des von ihm bestochenen Mitarbeiters des Catering hatte Dimitri den Wirkungseintritt auf Punkt zwölf Uhr eingestellt.

Die Dreharbeiten wurden also vormittags zunächst ungetrübt von neuen Sorgen fortgesetzt.

Die Szene, in der Gregor Riesi im Februar 2009 erstmalig durch Anklicken einer Zünddatei die Sprengung eines Abschnitts der innerdeutschen Grenze auslöst, war am Vortag erfolgreich aufgenommen worden. Somit war es durchaus folgerichtig, nun auch die verursachte Explosion selbst zu filmen. Also sollte am Vormittag zunächst gedreht werden, wie ein kleiner Grenzabschnitt krachend in die Luft fliegt.

Und danach sollte dann am Nachmittag die versehentliche Sprengung sämtlicher innerdeutscher Grenzanlagen durch Gregor Riesi, die Boris Baller in seinem Bestseller auf den 9. November 2009 gelegt hatte, in Szene gesetzt werden.

Der geplante Drehort für die Sprengungen war die Landebahn des künftigen Berliner Flughafens. Da die Fugen in der Landebahn auf Grund von Baumängeln ohnehin neu betoniert werden mussten, hatte die Bauleitung des Flughafens eine Sprengung der Fugen genehmigt. Daher war die Landebahn in den vergangenen anderthalb Tagen mittels großer Mengen Erdreich, Grünzeug und Drahtgeflecht sowie einiger Wachturm-Attrappen in eine möglichst überzeugende

Nachahmung der innerdeutschen Grenze verwandelt worden.

Steven begutachtete den Stand der Vorbereitungen und war zufrieden. Auch das Wetter passte zu der geplanten Szene. Der Himmel war grau, und es war fast so ungemütlich wie bei Stevens erstem Besuch im September.

Neben den Kameraleuten hatte sich auch die Mehrzahl der Schauspieler im Freien versammelt, um sich das Spektakel der bevorstehenden Explosionen nicht entgehen zu lassen.

Julia Topherz dagegen hatte es vorgezogen, sich zusammen mit ihrem Star-Frisör in ihre Künstlergarderobe zurückzuziehen und in aller Ruhe einen zweiten Anlauf zur Herrichtung von Angela Rautels Frisur zu nehmen.

Für den ersten Teil des heutigen Drehs, die Sprengung eines einzelnen kleinen Grenzabschnitts, wurde nun das Dynamit in die Fugen eines überschaubaren Teilstücks der Landebahn platziert. Dass die Sprengladungen erst unmittelbar vor Beginn der Filmaufnahmen in Position gebracht wurden, lag dabei nur zum Teil an Sicherheitsgründen, auch der Schutz des Sprengstoffs vor Nässe spielte eine Rolle.

Schließlich war alles vorbereitet. Der Kameramann schrie in sein Mikrophon: "Achtung! Wir fangen an! Höchste Konzentration bitte! Das wollen wir nur einmal drehen! Und jetzt alle in Deckung! Drei, zwei, eins, Kamera läuft! Und Feuer frei!"

Es krachte gewaltig, und auf dem entsprechenden Teilstück der Landebahn flog mit Erdreich, Pflanzenteilen und Betonsplittern auch ein Hase durch die Luft. Der Hase war allerdings aus Stoff, um erneute Konflikte mit dem Naturschutz tunlichst zu vermeiden.

Die Schaulustigen waren ziemlich beeindruckt vom erzielten optischen und akustischen Effekt. Nur langsam sank der aufgewirbelte Staub und Dreck wieder zu Boden. Allen war aber klar, dass dies erst das Vorspiel für das große Finale am Nachmittag war, bei dem entlang der gesamten Landebahn die Sprengung der kompletten innerdeutschen Grenzanlagen nachgestellt werden sollte.

Der Kameramann starrte gebannt auf seinen Bildschirm, ließ die Szene immer und immer wieder ablaufen, bevor er erleichtert verkündete: "Okay. Das haben wir im Kasten. Das können wir so nehmen."

Steven, der das Ganze genauso neugierig beobachtet hatte wie die anderen, wollte gerade verkünden: "Prima. Dann machen wir jetzt erst einmal Mittagspause."

Da war aus der Ferne vom Kirchturm eines kleinen brandenburgischen Dorfes im Berliner Umland die Glocke zu hören. Es zählte zwar niemand mit, aber sie schlug zwölf Mal, und auch in diesem kleinen brandenburgischen Nest wurde die Turmuhr sekundengenau durch Funk gesteuert und irrte sich nicht.

Steven entfiel schlagartig, was er gerade sagen wollte. Dimitris Timing-Droge zeigte pünktlich und mit voller Wucht ihre Wirkung.

Steven kicherte wirr und rief euphorisch: "Prima. Dann können wir ja jetzt auch noch den Rest von diesem vermaledeiten Flughafen zu Kleinholz machen!"

Und auch bei den Umstehenden entfaltete Dimitris Timing-Droge ihre ganze Durchschlagskraft. Sie brachen in schallendes Gelächter aus, klatschten ekstatisch Beifall und lärmten durcheinander: "Ja, ja, ja! Das machen wir! Jetzt hauen wir so richtig auf den Putz!"

Steven rieb sich lachend die Augen und rief: "Alle Mann Dynamit verteilen!"

Die Umstehenden rannten auf die Kisten zu, in denen aus planerischer Vorsorge die dreifache Menge des benötigten Dynamits wartete.

Steven kommandierte: "Sprengstoff greifen und verteilen!"

Von Brad Hit kam zurück: "Ich bin der Schnellste! Ich bin der Schnellste! Ich krieg' den Hasen! Ich krieg' den Hasen!"

Er angelte sich zwei Sprengstäbe und spurtete in Richtung des hinteren Endes der Landebahn davon. Und Arnold Hantelegger hechtete mit weiteren Dynamitstangen hinterher.

Im Prinzip gab es auch einen professionellen Sprengmeister mit mehreren Assistenten. Eigentlich war diesen die Rolle zugedacht, die Dynamitstangen nach vorab genauestens festgelegten Regeln in die Fugen der Landebahn zu stecken. Aber auch sie hatten am Morgen vom zweiten Frühstück gekostet und zumindest eine Tasse Tee oder Kaffee getrunken.

Der Sprengmeister schrie: "Das wird mein Meisterstück. Ich kann es spüren. Das wird krachen wie der Vesuv über Pompeji."

Schließlich rannten alle zwischen den Kisten mit den Sprengladungen und der Landebahn hin und her und verteilten Dynamitstangen.

Nur Steven war zu faul zum Laufen. Er überwachte grinsend die Entnahme der Sprengkörper aus den Kisten und spornte die anderen an, indem er immer wieder rief: "Hier ist noch mehr! Hier ist noch mehr! Ihr werdet doch wohl nicht schwächeln, bevor die Kisten leer sind."

Erst als Brad Hit wieder einmal vom anderen Ende der Landebahn her angerannt kam, war es schließlich so weit, dass er nur noch enttäuscht in die soeben geleerte letzte Kiste starren konnte. Er salutierte vor Steven Vielwerk und rief:

"Material verteilt, Sir! Und nun, Sir?"

Steven war durch die Rauschwirkung von Dimitris Timing-Droge zu desorientiert, um eine Antwort geben zu können. Aber dem Sprengmeister lag sein Beruf tief genug im Blut, um zu wissen, was nun zu tun war. Er schrie: "Wo ist der Zünder?"

Falls noch ein Verlegen von Zündkabeln erforderlich gewesen wäre und man sich nicht für Dynamitstangen mit Fernzündung entschieden hätte, wäre nun vielleicht manches noch glimpflich verlaufen. Aber so, wie die Dinge lagen, stand dem Höhepunkt des Dramas nichts mehr im Wege.

Der Zünder wurde allerdings nicht sofort gefunden. Das gab dem Kameramann noch Gelegenheit, Steven zu fragen: "Sollen wir das filmen?"

Steven erwiderte kichernd: "Keine Ahnung, aber macht mal!"

Der Kameramann forderte also seine Assistenten auf, zu den Kameras zu greifen.

Es war gerade noch rechtzeitig, denn der Sprengmeister rief: "Ich hab' ihn! Aber wo ist der verdammte Knopf?"

Diese allerletzte Gelegenheit nutzte Brad Hit und rief: "Ich bin der letzte Flüchtling vor dem Fall der Mauer."

Und mit diesen Worten stürmte er quer über die mit Erdreich und Grünzeug zur innerdeutschen Grenze umfunktionierte Landebahn. Er schaffte es gerade noch, die Mitte des Streifens zu passieren, da war es so weit:

Auf dem zukünftigen Hauptstadtflughafen gab es eine derart exorbitante Detonation, wie sie dieser Flecken Brandenburgs selbst im Kriege nicht erlebt hatte. Hinzu kam, dass einige nicht sachgemäß platzierte Dynamitstangen wie Geschosse durch die Luft flogen.

Im Gefolge einer heftigen Druckwelle breitete sich eine

riesige Dreckwolke von der Landebahn her über das gesamte Flughafengelände aus.

Wen die Druckwelle nicht von den Füßen gerissen hatte, der ging vor Schreck und Dreck zu Boden.

Der Kameramann schrie derweil weiter in die sich verdichtende Staubwolke hinein auf seine Assistenten ein: "Weiter drehen! Weiter drehen! Immer draufhalten!"

Und der Sprengmeister stemmte sich mit weit ausgebreiteten Armen der Front aus aufgewirbeltem Dreck entgegen und rief völlig außer Rand und Band: "Mein Meisterwerk! Mein Meisterwerk!"

Steven Vielwerk lag derweil flach auf dem Boden und kicherte vor sich hin: "Die spinnen doch wohl, die Berliner!"

Es dauerte eine ganze Weile, bis sich die Staubwolke ein wenig lichtete und man von der anderen Seite der Landebahn Brad Hit herüberrufen hörte: "Ich hab's geschafft! Ich hab's geschafft! Ich bin im Westen! Ich bin frei! Ich bin frei!"

Zunächst rührte sich kaum einer von dem Fleck, auf den ihn die Detonation verschlagen hatte.

Nach und nach entfaltete die Explosion dann aber doch eine zumindest partiell ausnüchternde Wirkung auf die Betroffenen.

Steven dachte kichernd: "Hoffentlich haben die Kameraleute die Sache im Kasten! Ich glaube kaum, dass wir das noch einmal machen können."

Arnold Hantelegger dagegen spürte leisen Unmut über seine ungemütliche Lage am Erdboden in sich aufsteigen und rief: "Wer wagt es, mich einfach umzuhauen? Ich glaub', ich werd' gleich zum Barbaren!"

Steven hörte derweil vor seinem inneren Ohr eine freundliche weibliche Stimme: "Wir heißen Sie herzlich auf dem

Berliner Flughafen willkommen. Wir hoffen, Sie hatten einen angenehmen Flug!"

Nach und nach rappelten sich einige der Betroffenen wieder auf. Auch Steven war darunter. Sein Blick schweifte fahrig in die Runde und blieb bei Danny Levino hängen, der immer noch bäuchlings auf dem Rasen neben der Landebahn lag.

Steven torkelte zu Danny, kniete neben ihm nieder und schüttelte ihn: "Aufwachen, Danny! Aufwachen!"

Von Danny war ein leises Stöhnen zu hören, und dann krächzte er ganz benommen: "Nein, Gregor, nein! Nicht noch ein Wodka!"

Ganz langsam wurde erkennbar, dass außer ein paar betäubten Ohren und allerhand Dreck in den Haaren und auf der Kleidung wie durch ein Wunder kein Schaden an Leib und Leben entstanden war.

Steven sah die Landebahn entlang, aus der nun einige Bruchstücke wie aufgetürmte Eisschollen hervorragten, und fragte sich immer noch leicht berauscht: "Ob die Herren Planer darüber wohl glücklich sind?"

Von den Flughafengebäuden näherten sich nun diejenigen Mitglieder des Filmteams, die darauf verzichtet hatten, sich zur Beobachtung der Sprengungen im Freien zu versammeln. Da sie aber genau wie die anderen morgens Tee oder Kaffee getrunken hatten, standen sie ebenfalls noch unter der langsam nachlassenden Wirkung von Dimitris Timing-Droge.

Unter den Herannahenden war auch Julia Topherz. Und eine Folge des allgemeinen Rausches war, dass sie nun nicht, wie es für ihre Rolle als Angela Rautel passend gewesen wäre, glattes dunkelblondes Haar trug, sondern dass sie wie

Rumpelstilzchen persönlich aussah und eine blaue Locken-mähne um ihr Gesicht wogte.

Danny Levino, der sich gerade bis zu seinen Knien wieder aufgerappelt hatte, hauchte angesichts dieses Anblicks nur ungläubig: "Oi, oi, oi! Oi, oi, oi!"

Und dann verlor er für einen kurzen Moment noch die Besinnung.

Dimitri, der das Ganze aus der Ferne beobachtet hatte, war höchst erfreut über das Durcheinander, dass er mit seiner Timing-Droge angerichtet hatte. Er murmelte: "Da kann Knutin doch wirklich mit mir zufrieden sein. Wenn es noch eines Nachweises bedurfte, dass ich nun der Beste bin, ist der mit diesem Glanzstück doch wohl erbracht."

Im Verlauf des Nachmittags verebbte langsam die Wirkung der Timing-Droge. Und Schritt für Schritt realisier-ten der Kameramann und Steven, dass hervorragende Bilder vom Fall der Mauer gelungen waren.

Irgendwann war Steven wieder so klar im Kopf, dass er wahrnahm, dass überhaupt keine Polizei angerückt war. Er dachte: "Das ist schon merkwürdig hier in diesem Land Brandenburg, dass man es eher mit dem Naturschutz als mit der Polizei zu tun bekommt. Aber vielleicht traut sich ja inzwischen kein deutscher Beamter mehr, hier aufzukreuzen."

Und schließlich dämmerte auch Dexter in seinem Agen-tenhirn, dass die Abfolge aus Hasenvermehrung, blauen Haaren und Bewusstseinsmanipulation nun wirklich kein Zufall mehr sein konnte und dass offenkundig höchst ent-schlossene Sabotage der Dreharbeiten am Werk war.

Nachmittags um fünf Uhr schleppte sich das Filmteam dann in die Busse. Als man wieder zurück im Hotel Adler war, verteilten sich alle auf ihre Zimmer, und keiner war mehr für den Rest des Abends zu sehen.

28. Kapitel
April 2012 in Berlin

Das Duell

Nur einer wandte nun alle ihm bekannten Tricks und Kniffe der Ausnüchterung und Wiederbelebung an und schlich sich kurz vor Mitternacht möglichst unauffällig wieder aus dem Hotel. Und das war Dexter. Um sich unerkannt fortbewegen zu können, knackte er einen klapprigen Kleinwagen und fuhr zurück zum Flughafen.

Weit vor dem Flughafengelände ließ er das Fahrzeug stehen, pirschte sich an die Umzäunung heran, schnitt ein kleines Loch hinein, stieg hindurch und schlich sich näher an die Flughafengebäude heran. Schließlich war er katzengleich in die Flughafenhalle gelangt.

Dort bemerkte er zunächst nichts Ungewöhnliches. Doch dann vernahm er ein leises Quietschen. Erst einmal, dann nochmals.

Er ließ sich von dem Geräusch leiten, und dann sah er es: Da kauerte jemand am Boden. Und neben der Gestalt lag eine Taschenlampe, in deren Lichtkegel zu sehen war, wie der Unbekannte an einigen Gasflaschen herumschraubte. Da fiel Dexter auf, dass sich außer der Taschenlampe noch etwas anderes auf dem Boden neben der kauernden Figur befand. Es war ein Cocktailglas mit nicht erkennbarem Inhalt. Unübersehbar war aber, dass aus diesem Cocktailglas ein kleines aufgeklapptes Papierschirmchen herausragte.

Und sofort fiel es Dexter wie Schuppen von den Augen. Er dachte: "Potztausend! Sieh mal einer an! Wen haben wir denn da? Das Schirmchen! Den Barracuda! Den Zweitbesten! Wer hätte das gedacht?"

Er beobachtete Dimitri, der von Explosionen offenbar noch nicht genug hatte, einige Sekunden lang bei dessen Manipulationen an den Gasflaschen.

Schließlich sagte er sich: "Tut mir leid, lieber Kollege. Aber gleich kommt es hier wohl oder übel zum Show-down. Und wer hat dabei wohl die besseren Karten? Der Zweitbeste oder der Beste?"

Dexter fingerte aus seinem schwarzen Overall seinen Revolver hervor und beschloss, die Gunst der Lage zu nutzen. Er legte an und zielte. Als er abdrückte, machte Dimitri aber im selben Moment mit seinem Werkzeug eine ruckartige Bewegung.

Der Schuss peitschte an Dimitri vorbei. Und da er nicht einfach eine gewöhnliche Taschenlampe, sondern eine speziell für Geheimagenten entwickelte Lampe bei sich hatte, reagierte diese über ihre akustischen Sensoren mit sofortiger Selbstabschaltung auf den abgefeuerten Schuss, und es war schlagartig stockfinster. Dexter konnte nicht noch einmal gezielt schießen. Er feuerte zwar noch dreimal auf gut Glück in die betreffende Richtung. Da Dimitri aber ein Topagent war, hatte er sich längst in Deckung gebracht und rief aus sicherem Winkel nur: "Pah!"

Dimitri war zwar immer ein leichter Schauer den Rücken hinuntergelaufen, wenn er durch sein Fernglas Dexter erspäht hatte. Aber noch ahnte er nicht, dass Dexter kein Geringerer war als der Beste, der sich zur Tarnung an Gesicht und Stimmbändern hatte operieren lassen, und dass Dexter ihm nun im Dunkel des Terminals des künftigen Flughafens der deutschen Hauptstadt nachstellte.

Dimitri ging vielmehr davon aus, er selbst sei inzwischen der Beste. Denn unter dieser Prämisse hatte ihn der russische Präsident Wladimir Knutin engagiert. Folglich kam Dimitri zu dem Schluss, dass sein Widersacher, der soeben auf ihn geschossen hatte, kaum besser sein konnte als er selbst. Also beschloss er, den Unbekannten im Dunkeln zu jagen und zur Strecke zu bringen.

Die Ausgangslage des nächtlichen Duells sah also so aus, dass der Beste gegen den Zweitbesten antrat, der Beste dies wusste, der Zweitbeste aber nicht.

Also dachten beide: "Ziemlich klar, dass ich gewinne."

Der Zweikampf in der finsteren Flughafenhalle begann. Nur an wenigen Stellen gelangte von außen blasses Licht ins Terminal. Auf leisen Sohlen und durch ihre schwarzen Overalls getarnt versuchten die beiden Kontrahenten, einander aufzulauern. Hin und wieder huschte einer der beiden von einer Deckung zur nächsten, und manchmal wurde er dabei begleitet von einem peitschenden Schuss des jeweils anderen.

Da hatte Dimitri eine Idee. Er robbte nochmals zurück zu den Gasflaschen und aktivierte die Zündung, die er zuvor dort montiert hatte. Nun musste er seinen Widersacher nur noch in die Nähe der Gasflaschen locken und auf den Zünder schießen.

Also zog Dimitri sich wieder von den Gasflaschen zurück und gab einige Schüsse ab, die Dexter in Richtung der Bombe locken sollten.

Da spürte Dimitri plötzlich, wie sein linkes Ohr von einer Kugel gestreift wurde, die aus einer Richtung kam, aus der seiner Meinung nach in diesem Moment gar keine Kugel kommen konnte. Sein Gegner schien um Ecken schießen zu können. Vor Schreck und in plötzlicher Erkenntnis der Lage rief er: "Das Winkelchen!"

Und aus einer ganz anderen Richtung als der, aus der die Kugel gekommen war, kam aus dem Dunkeln die Antwort: "Und das Schirmchen!"

Damit wusste nun also auch Dimitri, dass nicht er selbst, sondern sein Widersacher der Beste vor Ort war. Als er sich klar machte, dass er es nun als Zweitbester mit dem Besten aufnehmen musste, geriet er in Panik. Er feuerte mit allem, was sein Magazin hergab, auf die Gasflaschen.

Mit Erfolg. Die Flaschen explodierten zu einem riesigen Feuerball. Da Dimitri seine Salve aus sicherer Deckung heraus abgefeuert hatte, wurde er durch die Detonation zwar einige Meter weit fortgeschleudert, aber nicht verletzt. Nicht einen Wimpernschlag ließ er dann verstreichen, bevor er das entstandene Durcheinander für die einzige Chance nutzte, die ihm vernünftiger Weise blieb: Er flüchtete.

Dexter hatte die Explosion ebenfalls einige Meter durch den Raum geworfen, aber auch ihm war nichts passiert. Sofort nahm er die Suche nach Dimitri wieder auf. Nach einigen Minuten musste er sich aber eingestehen: "Wenn man das Schirmchen nicht morgen findet, wie es tot in irgendeiner Ecke hängt, dann ist es mir nun wohl entwischt."

Und so war es auch. Dimitri, der Zweitbeste, auch genannt das Schirmchen, war Dexter, dem Besten, auch genannt das Winkelchen, durch die Lappen gegangen.

Während Dexter noch mit sich haderte, begab er sich auf den Weg zurück zum Hotel Adler. Die klapprige Rostlaube, die er bereits für die Hinfahrt verwendet hatte, nutzte er auch für die Rückfahrt und stellte sie genau dort wieder ab, wo er sie entwendet hatte.

Dass die Flughafenhalle nun explosionsbedingt kein Dach mehr hatte, konnte man zwar im Dunklen noch nicht so recht erkennen. Fest stand aber, dass am nächsten Morgen weiter gedreht werden sollte.

29. Kapitel
April 2012 in Berlin

Auferstanden aus Ruinen

Nach erfolgreicher nächtlicher Flucht aus dem Terminal kauerte Dimitri früh am nächsten Morgen in einem Graben nahe der Umzäunung des Geländes und betrachtete den Sonnenaufgang über dem reichlich ramponierten zukünftigen Hauptstadtflughafen. Angesichts der erheblichen von ihm bewirkten Zerstörungen verspürte er einen gewissen Stolz und dachte: "Steven Vielwerks neuem Filmprojekt habe ich inzwischen doch wohl einiges entgegengesetzt."

Da unterbrach ein Anruf auf seinem Handy seine Gedanken. Er kam aus der Zentrale des russischen Geheimdienstes. Aber statt Lob und Anerkennung, wie Dimitri es eigentlich erwartet hätte, hagelte es Vorwürfe. Man eröffnete ihm, er solle umgehend zur Berichterstattung in den Kreml kommen, Knutin sei keineswegs erfreut von Dimitris Taten.

Also verließ Dimitri seinen Beobachtungsposten am Flughafen und begab sich auf den Weg nach Moskau.

Im Hotel Adler kam das Filmteam unterdessen etwas

langsamer in die Gänge als an den vorausgegangenen Tagen. Nicht nur Danny Levino schlurfte mit Sonnenbrille zu den beiden Bussen, einige andere Mitglieder der Mannschaft taten es ihm gleich. Dimitris Timing-Droge hatte allseits für Kater gesorgt. Die Abfahrt der Busse verzögerte sich um beinahe eine Stunde.

Am Flughafen angekommen sah sich Steven zunächst völlig verdutzt in der ihres Daches beraubten Flughafenhalle um und meinte dann ein wenig perplex zu Dexter: "Wenn ich mich an den gestrigen Tag richtig erinnere, haben wir doch die Landebahn in die Luft gejagt und nicht das Terminal."

Dexter, dem neben dem vergangenen Tag auch noch die vergangene Nacht in den Knochen steckte, bemühte sich redlich, so entspannt und locker wie möglich zu wirken: "Vielleicht ist ja in der Nacht die Gasversorgung des Flughafens sabotiert worden. So sieht es zumindest aus. Eines steht nun jedenfalls fest: Die Hasenvermehrung, der Farbangriff auf Julia, die präparierten Getränke und die Explosion im Terminal sind ganz bestimmt kein Zufall. Irgendjemand will die Verfilmung von Boris Ballers Roman *Die Kanzlerin der Einheit* um jeden Preis verhindern."

Steven gab zurück: "Und wer soll das sein, wenn ich fragen darf?"

Zunächst schwieg Dexter einen Moment, dann erklärte er: "Ich habe da ja durchaus einen Verdacht. Aber der wird sich nicht so leicht beweisen lassen."

Steven war verständlicherweise neugierig: "Und wen haben Sie in Verdacht?"

Dexter zögerte kurz, nahm eine Hand vor den Mund und tuschelte leise: "Wladimir Knutin."

Steven sah entgeistert auf Dexter. Er hatte zwar schon des

Öfteren gehört, dass Menschen bisweilen zu den seltsamsten Verschwörungstheorien neigen. Aber diese aberwitzige Schuldzuweisung aus dem Munde seines Regieassistenten verschlug ihm nun doch die Sprache. Für einen Moment fragte er sich, ob bei Dexter wohlmöglich infolge der gestrigen Ereignisse eine Sicherung durchgebrannt war.

Dann raunte er in einem Tonfall, der keinen Widerspruch duldete, Dexter ins Ohr: "Das behalten wir aber schön für uns, nicht war?"

Dexter erwiderte nüchtern: "Geht klar, Boss!"

Daraufhin fragte Steven mit nur halb unterdrücktem Kopfschütteln: "Haben Sie denn abgesehen vom Einsatz von Interkontinentalraketen irgendeinen Vorschlag zur Unterbindung all dieser Angriffe?"

Dexter antwortete: "Ich habe bereits in der Nacht alle Security hierher beordert, derer ich so schnell in Berlin habhaft werden konnte."

Steven, dessen Blicke bislang hauptsächlich vom freien Himmel über dem Fußboden des Terminals gefesselt waren, sah sich um und registrierte, dass in der Tat deutlich mehr Wachpersonal unterwegs war als an den Tagen zuvor.

Stevens Zweifel an Dexters Verstand milderten sich ein wenig ab: "Okay, das scheint mir vorerst ein besserer Ansatz zu sein als Interkontinentalraketen."

Nach kurzer Pause fuhr er fort: "Könnte es vielleicht sein, dass es angesichts unserer nicht ganz unerheblichen baulichen Eingriffe in die Landebahn und die Flughafengebäude sinnvoll wäre, Kontakt mit den Herren Planern dieses Flughafens aufzunehmen? Die haben sich seit meinem Eintreffen hier ja noch nicht ein einziges Mal blicken lassen. Aber vielleicht würde es sie interessieren, wie es ihrem Bauwerk in unseren Händen inzwischen ergangen ist."

Dexter erwiderte, er werde ein entsprechendes Treffen arrangieren.

Er war schon fast auf und davon, da fügte Steven hinzu: "Und eines noch: Finden Sie doch bitte einmal heraus, ob man nach deutschem Recht gesteinigt werden kann. Und falls ja, wer zu steinigen wäre, der Regisseur oder der Regieassistent?"

Dexter nickte ungerührt und verschwand.

Niemand wagte, das zweite Frühstück anzurühren, das auch an diesem Morgen in der ihres Daches entkleideten Flughafenhalle aufgebaut war.

Steven wandte sich ratlos an seinen Kameramann: "Es tut mir leid, aber ich habe momentan ein wenig die Übersicht verloren. Kannst du mir auf die Sprünge helfen? Welche Szenen wollten wir heute drehen?"

Der Kameramann antwortete wie aus der Pistole geschossen: "Mehrere Innenaufnahmen stehen an. Da ist erstens die Szene, in der Gregor Riesi am 9. November 2009 unmittelbar, nachdem er versehentlich die gesamten innerdeutschen Grenzanlagen in die Luft gejagt hat, mit Angela Rautel telefoniert und die beiden angesichts der heiklen Lage vorsorglich einen bedingungslosen Waffenstillstand vereinbaren. Zweitens die Szene, in der Angela Rautel Barack Nolama vorschlägt, den unvorhergesehenen Fall der Mauer zum Anlass zu nehmen für eine Initiative mit dem Ziel einer deutschen Wiedervereinigung. Drittens die Szene, in der Angela Rautel Wladimir Knutin denselben Vorschlag macht und sich eine Abfuhr holt. Und viertens die Szene, in der Silvio Belladonni bei einem Gipfel in Brüssel zu Angela Rautel sagt: Lasse mich dir helfe."

Mit Staunen nahm Steven zur Kenntnis, dass es offenbar

noch Menschen gab, die wussten, was zu tun war, und fragte: "Lässt sich das bei unserer ruinösen Lage denn machen?"

Der Kameramann erwiderte ganz sachlich: "Ich denke schon. Wir brauchen dafür nur die Räumlichkeiten, die wir als Büros der jeweiligen Staatschefs hergerichtet haben. Und so weit ich das eben gesehen habe, sind diese durch die Zerstörungen in der Flughafenhalle nicht in Mitleidenschaft gezogen worden. Die Künstlergarderoben sind auch noch intakt. Und wenn ich es richtig überblicke, sind die Schauspieler auch schon in der Maske."

Steven nickte ein wenig geistesabwesend und sagte: "Na, wenn das so ist, dann machen wir mal weiter wie geplant."

Und der Kameramann erwiderte: "Das würde ich auch sagen."

Star-Regisseur Steven Vielwerk war es durchaus gewohnt, bei Dreharbeiten mit allerlei Hindernissen zu kämpfen. Daher erstaunte es ihn um so mehr, als dann im weiteren Verlauf dieses Tages alles wie am Schnürchen lief.

Julia Topherz präsentierte sich mit perfekter Angela-Rautel-Frisur. Und auch Brad Hit legte mit dunkel getöntem Gesicht und kurzem schwarz-grau meliertem Kruselhaar einen überzeugenden Barack Nolama aufs Parkett. Bei Danny Levino schien die runde Nickelbrille schon weitgehend auszureichen, um ihn in Gregor Riesi zu verwandeln. Und auch Boris Baller und Arnold Hantelegger hatten keine allzu große Mühe, sich in Wladimir Knutin und Silvio Belladonni zu verwandeln.

Die Schauspieler hatten ihre Texte gelernt, die Beleuchter machten alles richtig, und so bekamen der Kameramann und seine Assistenten eine Szene nach der anderen reibungslos in den Kasten.

Dimitri war ja auch nicht mehr in Berlin, sondern auf dem Weg nach Moskau.

Am Nachmittag tauchte dann das für den Bau des Flughafens verantwortliche Ingenieurteam bei Steven und Dexter auf. Steven hatte sich seelisch auf eine endlose wütende Tirade eingestellt und bereits grob kalkuliert, welche Beträge aus seinem Filmbudget er eventuell als Wiedergutmachung in Aussicht stellen konnte. Aber das Gespräch verlief anders als gedacht.

In der Flughafenhalle stehend meinte der Chefplaner mit Blick zum freien Himmel nur: "Nun ja, das Dach war ohnehin nur eine Zeltkonstruktion. Das kann man erneuern. Da das Dach aber nun schon einmal abgedeckt ist, können wir dies nutzen, um die Probleme mit dem bisherigen Design auszubügeln. Wenn die Betonmauern der Flughafenhalle Schaden genommen hätten, wäre das schon ein größeres Problem. Aber durch die Zeltkonstruktion des Daches ist die Druckwelle der Explosion ja komplett nach oben abgegangen."

Nach dieser lapidaren Begutachtung des fehlenden Daches im Terminal des zukünftigen Hauptstadtflughafens ging es weiter zur Landebahn.

Beim ersten Anblick pfiff der Chefplaner leicht erschrocken durch die Zähne: "Meine Güte. Das muss aber wirklich eine gehörige Menge Sprengstoff gewesen sein. Ich gebe zu, das sieht etwas anders aus, als ich gehofft hatte, als ich die Fugen zwischen den Betonplatten zur Sprengung freigegeben habe. Aber schauen wir uns das Ganze erst einmal aus der Nähe an."

Nun folgte eine knappe Stunde, während derer der Chefplaner und die anderen Ingenieure mit Wasserwaagen und anderer Vermessungstechnik bewaffnet kreuz und quer über die Landebahn zogen. Ganz wie am Tage zuvor ragten Teile des Betons wie aufgebrochene Eisschollen in die Höhe.

Steven und Dexter blieben wie angewurzelt neben der Landebahn stehen und sahen reumütig zu, wie die Flughafenkonstrukteure die Schäden begutachteten.

Schließlich versammelten sich die Bauleiter in einiger Entfernung von Dexter und Steven zu einer Lagebesprechung. Nachdem diese beendet war, kamen sie zu dem Regisseur und dessen Assistenten herüber. Steven und Dexter erwarteten gespannt das Ergebnis.

Der Chefplaner verkündete: "Die gute Nachricht ist: Die Landebahn ist im Grundsatz unzerstört. Wir müssen nicht komplett sämtlichen Beton und alle Fundamente abräumen. Die schlechte Nachricht ist: Grob geschätzt zwölf bis fünfzehn Prozent des Betons werden wir schon erneuern müssen. Das hat aber nun wiederum den Vorteil, dass wir dabei auch alle Fugen der Landebahn neu betonieren können. Und das war ja sowieso erforderlich. Also, mir scheint, die Lage ist nicht ganz so schlimm, wie sie aussieht."

Das Fazit des Chefplaners war beendet und mündete zu Stevens Verwunderung nicht in irgendeine horrende Forderung nach Schadenersatz.

Steven und Dexter begleiteten das Planungsteam zur Flughafenhalle zurück und bemühten sich, dabei alles zu unterlassen, was den Deutschen wohlmöglich noch Anlass zu weiterem Nachsinnen hätte geben können.

Dann verabschiedete man sich höflich, und Steven und Dexter schauten den Planern schweigend hinterher, bis sie aus der Sichtweite verschwunden waren.

Schließlich fragte Dexter leise und ungläubig: "Heißt das etwa, wir haben den halben Flughafen der deutschen Hauptstadt in Schutt und Asche gelegt, ohne dafür auch nur ein einziges Wort des Tadels zu hören?"

Steven schüttelte ratlos mit dem Kopf: "Es sieht ganz so aus. Aber wer weiß? Vielleicht kommt das dicke Ende ja noch."

Der reibungslose Ablauf der Aufnahmen an diesem Tag hatte zur Folge, dass am späten Nachmittag das ganze Filmteam in so gelöster Stimmung zurück in die Berliner Innenstadt fuhr, dass manche Beteiligte es nach all den Ereignissen der Vortage kaum glauben mochten.

30. Kapitel
April 2012 in Moskau

Ein dunkles Loch

Am Nachmittag des folgenden Tages hatte Dimitri, der inzwischen zurück in Moskau war, den anberaumten Termin beim russischen Präsidenten Wladimir Knutin.

Zur vorgegebenen Zeit hatte er sich im Kreml eingefunden. Nachdem man ihn eine Weile im Vorzimmer des Präsidenten hatte warten lassen, verkündete Knutins Sekretärin schließlich: "Sie können jetzt hineingehen."

Dimitri betrat zum zweiten Mal in seinem Leben den prachtvollen Saal, von dem aus Knutin sein Reich regierte. Von der Tür bis zu dem Schreibtisch, an dem der Präsident saß, waren es mindestens dreißig Meter. Während Dimitri zügig die Freifläche in der Mitte des Saals durchschritt, würdigte Knutin ihn keines Blickes. Er schien sich auf vor ihm ausgebreitete Staatspapiere zu konzentrieren.

Als Dimitri fünf Schritte vor dem Schreibtisch angekommen war, nahm er Haltung an und salutierte: "Herr Präsident, der Barracuda meldet sich wie befohlen zur Berichterstattung."

Knutin sah von den Akten auf. Einen Moment lang starrte er schweigend auf seinen Agenten. Dann setzte er an: "Der Barracuda! Das Schirmchen! Oder auch nur Dimitri! Könnte es sein, dass ich Ihnen vor einem halben Jahr hier an dieser Stelle einen mir ganz persönlich am Herzen liegenden Auftrag erteilt habe, bei dem es um nichts weniger als die Verteidigung der Ehre Russlands und die Unterbindung verleumderischer Umtriebe ging?"

Knutin sah Dimitri durchdringend an, und dieser erwiderte: "So ist es, Herr Präsident!"

Mit schneidender Stimme fragte Knutin: "Und, was ist nun? Haben Sie Ihren Auftrag erledigt? Haben Sie die Verfilmung dieses widerlichen Machwerks einer kranken Fantasie inzwischen unterbunden?"

Ruhig gab Dimitri zurück: "Ich arbeite noch daran."

Knutin lachte verächtlich auf: "Sie arbeiten also noch daran? Das habe ich auch schon gehört. Und Sie wollen unter allen Agenten der Beste sein?"

Da Dimitri beschlossen hatte, keinesfalls die Erkenntnis preiszugeben, dass er offenbar doch noch nicht in den Rang des Besten aufgestiegen war, antwortete er ein wenig ausweichend: "Ich habe die Dreharbeiten bestmöglich sabotiert."

Knutin erwiderte: "Pah! Nach allem was ich höre, haben Sie nicht so sehr die Dreharbeiten sabotiert, sondern vielmehr den Bau eines mir völlig gleichgültigen Flughafens. Sie sind der Erledigung Ihres Auftrags bestenfalls räumlich nahegekommen, aber keinesfalls inhaltlich."

Dimitri versuchte, seine bisherigen Aktionen zu verteidigen: "So wie Sie mir den Auftrag erteilt hatten, musste ich mich auf Sachschäden beschränken. Die Lizenz zum Töten hatten Sie mir ja verweigert."

Knutin blaffte zurück: "Soll das jetzt etwa heißen, ich als Ihr Auftraggeber bin Schuld daran, dass Sie es nicht schaffen, Ihren Auftrag zu erledigen?"

Dimitri entgegnete: "Ich erlaube mir nur festzustellen, dass ich die Dreharbeiten im Rahmen meines Mandats bestmöglich behindert habe."

Knutin hielt verärgert dagegen: "Und worin, bitte schön, besteht diese Behinderung? Wie man mir sagt, läuft bei den Filmarbeiten am Berliner Flughafen inzwischen wieder alles völlig nach Plan."

Dimitri erwiderte unverzagt: "Das liegt hauptsächlich daran, dass ich mein Werk der Obstruktion heute nicht fortsetzen konnte, da ich zur Berichterstattung nach Moskau gerufen wurde."

Knutin hakte nach: "Und wenn Sie wieder in Berlin wären? Wie lange müsste ich dann noch warten, bis ich endlich mit einer Vollzugsmeldung rechnen dürfte?"

Dimitri antwortete: "Das lässt sich nicht genau vorhersagen. Steven Vielwerk hat erfahrene Kräfte zum Schutz der Dreharbeiten engagiert."

Knutin entgegnete: "Und ich dachte, ich selbst hätte geeignete Kräfte engagiert, und zwar zur Verhinderung der Dreharbeiten. Abgesehen davon sind die Dreharbeiten inzwischen nur deshalb von Security umgeben, weil Sie Herrn Vielwerk mit all Ihren Fehlschlägen gewarnt haben. Ihre Aufgabe besteht aber nicht darin, Herrn Vielwerk zu warnen, sondern sein subversives Projekt ein für alle Mal zu stoppen. Mir scheint, ich muss Ihnen verdeutlichen, dass ich Versagen

176

nicht dulde."

Knutin war es nach wie vor zutiefst zuwider, demnächst entgegen allen historischen Tatsachen in sämtlichen Kinos der Welt als ein Präsident dargestellt zu werden, der sich zunächst beim Pokern von Silvio Belladonni die Zustimmung zur deutschen Wiedervereinigung abringen und sein Ehrenwort danach auch noch durch Angela Rautel in Gold aufwiegen lässt.

Also erhob er sich aus seinem Sessel und sagte: "Kommen Sie doch mal eben ein paar Schritte mit."

Knutin führte Dimitri in eine Ecke seines Bürosaals. Dimitri begann schon, sich zu fragen, ob der Präsident ihm eines der Bilder an den Wänden zeigen wollte. Da holte Knutin einen kleinen Sender hervor und drückte auf eine Taste.

Zu Dimitris Erstaunen öffnete sich nun langsam direkt vor seinen Füßen ein etwa zwei mal zwei Meter großes dunkles Loch im Fußboden.

Nachdem Dimitri einige Sekunden völlig perplex in den finsteren Abgrund gestarrt hatte, griff Knutin in eine Seitentasche seines Jacketts, fingerte ein paar Bröckchen hervor, deren Beschaffenheit Dimitri so schnell nicht deuten konnte, und warf sie in das Loch. Mit leisem Geklapper schlugen die Objekte auf einem im Dunkeln nicht erkennbaren Boden auf. Dann erklang ein Rascheln und Schlurfen, und schließlich war eine Mischung aus Beißen, Kauen und Schmatzen zu hören.

Dimitri versuchte erfolglos zu erspähen, was sich in der Finsternis vor seinen Füßen abspielte. Schließlich hörte er neben sich Knutins eisige Stimme: "Sie haben noch genau zwei Wochen, dann erwarte ich Sie wieder hier. Entweder Sie haben dann einen Erfolg zu vermelden, oder ihr Schicksal wird eine Richtung einschlagen, die ich Ihnen wohl nicht noch näher erläutern muss. Ich sage es mal so: Dann sind Sie zukünftig eben nicht mehr der Beste."

Dimitri schluckte. Knutin drückte erneut eine Taste auf seinem Sender, und das dunkle Loch im Fußboden des Bürosaals des russischen Präsidenten schloss sich unter leisem Knarren wieder.

Knutin nahm befriedigt zur Kenntnis, dass Dimitri förmlich erstarrt war, und meinte dann: "Sie können jetzt wegtreten."

Dimitri krächzte hervor: "Eine Frage noch."

Knutin nickte, und Dimitri erkundigte sich mit rauer Stimme: "Habe ich denn von nun an die Lizenz zum Töten?"

Knutin lachte nur kurz auf und erwiderte: "Natürlich nicht. Ich will doch keinen Ärger, weder mit meiner hochgeschätzten Kollegin Angela noch mit diesem Neunmalklugen in Washington.

Sonst noch was?"

Dimitri schüttelte den Kopf. Und da das Gespräch damit offenbar beendet war, salutierte er noch kurz und verließ schleunigst diesen Ort undefinierbaren Schreckens.

Als Dimitri es durch all die Flure des Kremls hindurch wieder hinaus bis ins Freie geschafft hatte und er unter wolkenlos blauem Vorfrühlingshimmel draußen auf dem Roten Platz stand, atmete er erst einige Male tief durch.

Dann ging er hinüber ins Kaufhaus WUM, setzte sich an eine Bar und bestellte einen Wodka. Eigentlich fand er, dass er wahrlich Grund genug hatte, den Wodka in einem Zug hinunterzukippen und eine lange Reihe weiterer Wodkas folgen zu lassen. Aber ihm war klar, dass seine Situation dringend einen klaren Kopf erforderte. Also nippte er nur ein wenig an seinem Glas und versuchte, seine Gedanken zu ordnen: "Mein Auftraggeber, der russische Präsident, verlangt also von mir, dass ich die Verfilmung von Boris Ballers Bestseller *Die Kanzlerin der Einheit* durch Hollywoods Star-Regisseur Steven Vielwerk innerhalb der nächsten zwei Wochen endgültig verhindere. Sonst wirft er mich den Krokodilen zum Fraß vor. Gleichzeitig bindet er mir die Hände und verweigert mir die Lizenz zum Töten.

Und dann ist da auch noch das unschöne Faktum, dass ich nur der Zweitbeste bin, aber zur Erfüllung meines Auftrags besser sein müsste als der Beste. Denn wer am Ende übrig bleibt, wenn der Zweitbeste und der Beste gegeneinander antreten, kann man sich ja denken."

Dimitri grübelte noch eine Weile vor sich hin. Schließlich sagte er sich frustriert: "Meine Lage ist eindeutig ziemlich beschissen. In zwei Wochen bin ich ein toter Mann, so oder so."

Er kippte den Rest des Wodkas hinunter und wollte gerade einen Zweiten bestellen.

Da kam ihm plötzlich ein Gedanke: "Vielleicht gibt es ja doch einen Weg, wie ich meinem sicheren Ende entgehen kann. Immerhin heißt es, man solle vom Besten lernen. Wenn sich also der Beste absetzen konnte und nach einigen kleinen chirurgischen Eingriffen friedlich und unerkannt unter dem Namen Dexter ein nettes neues Leben anfangen konnte, dann kann ich mich ja vielleicht auch in eine neue Identität retten."

Dimitris Miene hellte sich auf, und er begann, eine neue, sorglose Zukunft für sich zu entwerfen: "Erst verwandele ich mich in mein neues Ich. Und statt Dimitri nenne ich mich fortan Dude. Dann verschwinde ich unauffällig nach Tahiti.

Dort angele ich mir eine scharfe Braut namens Babe. Und gemeinsam betreiben wir dann eine richtig coole Beachbar mit Blick in den Sonnenuntergang über dem Pazifik.

Und nachdem ich es mir im Paradies so richtig gemütlich gemacht habe, schnüre ich irgendwann ein kleines Päckchen an Wladimir Knutin und lasse ihm einen feinen kleinen Cocktail mit Schirmchen zukommen."

Dann nickte Dimitri dreimal versonnen mit dem Kopf, um sich in seinen Überlegungen zu bestätigen. Schließlich legte er einen großen Geldschein, mit dem man auch mehrere Flaschen Wodka hätte bezahlen können, auf den Tresen der Bar im Kaufhaus WUM und wurde nie wieder von irgendwem gesehen, der ihn wiedererkannt hätte.

Da sich Dimitri somit also selbst aus dem Verkehr gezogen hatte, schritten die Dreharbeiten auf der Baustelle des zukünftigen Flughafens der deutschen Hauptstadt nun völlig störungsfrei voran.

Nachdem Steven Vielwerk dies einige Tage lang zufrieden zur Kenntnis genommen hatte, sagte er sich: "Es sieht ganz so aus, als ob ich hier nicht mehr ernsthaft gebraucht werde. Dexter scheint die Lage ja nun doch im Griff zu haben. Folglich ist es höchste Zeit, dass ich zurück zu meiner lieben Cynthia und auf meine schöne Pool-Liege in Hollywood komme."

An seinem letzten Abend in Berlin veranstaltete er im Hotel Adler noch ein kleines Abschiedsdinner, zu dem auch Gregor Riesi und der Berliner Bürgermeister geladen waren.

Und am nächsten Morgen trat er dann mit einer bunten Kekstüte von Riesi im Gepäck den langen Rückflug nach Kalifornien an.

31. Kapitel
April 2012 in Berlin

Ein Krake

Der Fortschritt der Dreharbeiten für *Die Kanzlerin der Einheit* und dessen verheerende Auswirkungen auf die Bausubstanz des künftigen Berliner Flughafens hatten sich aber nicht nur bis zum russischen Präsidenten Wladimir Knutin herumgesprochen.

Auch die deutsche Kanzlerin Angela Rautel sah mit Besorgnis auf das wüste Treiben des amerikanischen Filmteams. Sie dachte: "Es mag ja noch angehen, dass mich Boris Baller zur Kanzlerin der Einheit befördert. Und wir achten hierzulande auch die Freiheit der Meinung und die Freiheit der Kunst. Aber bei Sachbeschädigung an öffentlichen Gebäuden hört der Spaß doch wohl auf."

Angela Rautel grübelte in ihrem Büro vor sich hin, aber es fiel ihr schwer, sich zu einer angemessenen Reaktion auf die Vorkommnisse durchzuringen. Schließlich befand sie, dass es hilfreich sein könnte, sich durch ein erneutes Rollenspiel mit Stofftieren Klarheit über ihr weiteres Vorgehen zu verschaffen.

Sie rief also in Richtung ihres Vorzimmers: "Walter, kannst du mal eben kommen?"

Rautels Bürochef Walter Heftling streckte seinen Kopf durch die die Tür und fragte: "Was gibt's denn?"

Rautel erwiderte: "Können wir mal wieder die Puppenkiste plündern?"

Heftling nickte, ohne mit der Wimper zu zucken. Und

Rautel fuhr fort: "Bring mir doch bitte mal den Vielwerk, den Boris Baller und den Gregor Riesi."

Heftling registrierte gelassen die Wünsche seiner Chefin. Doch dann fügte Rautel noch hinzu: "Und bring bitte auch mal die Kanzlerin der Einheit."

Bei diesen Worten zuckte Heftling leicht zusammen. Reichlich irritiert fiel ihm so schnell nichts Besseres ein, als zu erwidern: "Dich brauche ich nicht zu holen. Du bist bereits anwesend, Angela."

Rautel verzog den Mund zu einem gequälten Grinsen und gab zurück: "Mein Gott, Walter! Soll das jetzt etwa heißen, dass selbst du inzwischen Boris Ballers Geschichte für den wahren Lauf der deutschen Geschichte hältst? Darf ich dich daran erinnern, dass ich erst seit 2005 Kanzlerin bin und sich die deutsche Wiedervereinigung bereits 1990 zugetragen hat?"

Heftling blieb wie angewurzelt im Türrahmen stehen und nuschelte: "Ja, ja, natürlich."

Er war aber offenbar weiterhin ratlos. Also erläuterte Rautel: "Bring doch neben Steven Vielwerk, Boris Baller und Gregor Riesi bitte auch noch ein weiteres Stofftier, dass die Rolle der Kanzlerin der Einheit übernehmen kann. Ich würde mich gerne einmal mit der Figur auseinandersetzen, in die mich Boris Baller in seinem Roman verwandelt hat."

Langsam dämmerte es Heftling, was seine Chefin im Sinn hatte.

Er zog sich ins Vorzimmer zurück und öffnete die Vitrine mit den Milchglasscheiben, hinter denen die versammelten Stofftiere auf ihre Einsätze warteten.

Heftlings erster Griff galt einem Käuzchen, und er murmelte bestätigend: "Der Riesi."

Anders als für Gregor Riesi, Barack Nolama, Wladimir Knutin, Silvio Belladonni und andere waren bislang aber weder für Steven Vielwerk und Boris Baller noch für die Rolle der Kanzlerin der Einheit bestimmte Stofftiere festgelegt worden. Das war allerdings insofern kein Problem, als im unteren Fach der Vitrine einige bislang ungenutzte Stofftiere darauf warteten, dass auch für sie eine Rolle gefunden wurde.

Heftling griff nach einem Saurier und sagte: "Dich taufe ich hiermit auf den Namen Steven."

Dann holte er einen Stoffball mit aufgedrucktem Gesicht hervor und erklärte: "Und du bist fortan Boris Baller."

Er kramte weiter im unteren Fach der Vitrine, bis er einen violetten Kraken in der Hand hatte und meinte: "Und du könntest doch eigentlich ganz gut die Kanzlerin der Einheit sein."

Mit den vier Stofftieren im Arm ging er zurück in Rautels Büro. Er setzte sich gegenüber von Rautel an die andere Seite ihres Schreibtisches und platzierte die vier Figuren auf dem Tisch.

Mit gespielter Strenge erkundigte sich daraufhin Angela Rautel: "Sag bloß nicht, ich bin der Saurier."

Heftling erwiderte: "Nein, der Saurier ist ganz klar Steven Vielwerk. Du bist der Krake."

Rautel runzelte die Stirn und machte nur: "Hm."

Nach einem kurzen Moment der Selbsterforschung fuhr sie fort: "Nun, wenn du meinst, dann bin ich eben der Krake. Dass das Käuzchen Gregor Riesi darstellt, weiß ich bereits. Dann ist der Stoffball also Boris Baller."

Heftling nickte, und Rautel erklärte: "Dann fangen wir mal an."

Sie richtete ihren rechten Zeigefinger auf den Stoffsaurier

und sagte: "Ich hätte da mal einige Fragen bezüglich des künftigen Flughafens von Berlin. Ich habe eigentlich die Absicht, dort noch zu starten und zu landen, bevor meine Kanzlerschaft endet, also bevor wir ungefähr das Jahr 2021 erreichen. Warum sabotieren Sie dies durch all die vielen Sachbeschädigungen, die mir zu Ohren gekommen sind?"

Heftling antwortete für den Stoffsaurier: "Die Bauleitung hat ausdrücklich genehmigt, die Fugen in der Landebahn aufzusprengen. Und auch beim Dach des Terminals, das ja ohnehin nur eine Zeltkonstruktion war, ergibt sich nun anscheinend eine gute Gelegenheit zur Korrektur baulicher Mängel."

Rautel hakte nach: "Aber wer soll das denn nun schon wieder alles bezahlen?"

Heftling ließ den Stoffsaurier sagen: "Das ist mir auch nicht ganz klar. Vielleicht übernimmt ja der Berliner Bürgermeister die Kosten für die Reparaturen am Flughafen. Immerhin hat er dazu eingeladen, dort zu drehen."

Rautel erwiderte: "Ich kann ihn ja mal fragen. Aber warum mussten Sie diese völlig realitätsferne Geschichte von Boris Baller denn überhaupt verfilmen?"

Der Saurier gab zurück: "Ich wollte nicht noch so einen Kinderhorror über mich und meine Artgenossen produzieren."

Rautel seufzte und wandte sich an den Stoffball: "Herr Baller, konnten Sie denn nicht beim Tennis oder, von mir aus, auch beim Pokern bleiben? Musste es unbedingt dieser Bestseller sein? Wissen Sie denn nicht, dass man mit der deutschen Geschichte keine Scherze treiben soll?"

Heftling antwortete für den Stoffball: "Was Sie da sagen, gilt nur für Politiker. Als Ex-Tennis-Star kann man sich so ziemlich alles erlauben. Die Hauptsache ist, man bekommt jede Menge Aufmerksamkeit von den Medien."

Rautel erwiderte leicht entnervt: "Das gelingt Ihnen ja ganz hervorragend. Aber mussten Sie mich unbedingt mit hineinziehen und zur Kanzlerin der Einheit machen?"

Vom Stoffball kam zurück: "Ich dachte, es interessiert die Menschen, wie Sie sich in dieser Rolle machen. Und da habe ich mich ja wohl auch nicht getäuscht.

Abgesehen davon: Wen hätte ich denn sonst zur Kanzlerin der Einheit machen sollen? Die Ursula von den Weihen etwa?"

Angela Rautel seufzte erneut.

Dann wandte sie sich an den Stoffkraken: "Und du bist also ich?"

Heftling ließ den Kraken antworten: "Ich denke schon."

Daraufhin erkundigte sich Rautel: "Und wie fühlt man sich so als Kanzlerin der Einheit?"

Vom Kraken kam zurück: "Och, gar nicht so schlecht. Ich habe jedenfalls allerhand zu tun und verfüge sogar über geeignete Mittel zur Bewältigung meiner Aufgaben. Schau her! Einen Arm für den Nolama, einen Arm für den Knutin, einen Arm für den Silvio, einen Arm für die Ursula, einen Arm für Gregor Riesi, einen Arm für den Heftling und so weiter."

Rautel nickte: "Du hast schon recht, Walter. Man muss ein Krake sein, wenn man die Welt zusammenhalten will."

Und dann schwieg sie nachdenklich.

Nachdem Rautel und Heftling eine Schweigeminute für die Probleme der Welt eingelegt hatten, sah Rautel auf das Käuzchen und fragte: "Und warum muss man sich als Kanzlerin der Einheit zu allem Überfluss auch noch mit

Gregor Riesi herumschlagen? Kann der Krake das Käuzchen nicht einfach erwürgen."

Heftling erwiderte trocken: "Eine solche Gewalttat ist in der Romanhandlung nicht vorgesehen. Aber vielleicht könnte Boris Baller Derartiges für eine Fortsetzung einplanen."

Rautel fuhr sich verzweifelt durch die Haare und stöhnte: "Nur das nicht. Nicht auch noch eine Fortsetzung!

Und jetzt pack die Stofftiere schnell wieder weg! Der Berliner Flughafen wird schon irgendwie vor 2021 fertig werden, ohne dass ich mich persönlich zu den Problemen dort äußere."

Heftling erhob sich aus seinem Sessel, nahm die Stofftiere in seine Arme, verließ Rautels Büro und setzte seine vier Schützlinge im Vorzimmer wieder in die Vitrine mit den Milchglasscheiben.

32. Kapitel
April 2012 auf Sardinien

Schirmchen

Derweil ging am zukünftigen Flughafen von Berlin der erste Teil der Dreharbeiten erfolgreich zu Ende. Bevor dort im Mai weitere Aufnahmen folgen sollten, war nun zunächst geplant, auf Sardinien die fiktive Pokerrunde nachzustellen, in der laut Boris Ballers Bestseller *Die Kanzlerin der Einheit* der sowjetische Staatschef Wladimir Knutin Ostdeutschland an den italienischen Premier Silvio Belladonni verzockt.

Zum allgemeinen Erstaunen hatte die Suche nach einem

geeigneten Drehort auf Sardinien zu dem Ergebnis geführt, dass der echte Silvio Belladonni höchstpersönlich seine private Villa auf der Insel als Drehort angeboten hatte.

Im Brustton unerschütterlicher Überzeugung hatte er verkündet: "Wenn ich schon seie die Wegbereiter von die Wiedervereine, dann ihr auch könne drehe an die Original-platze."

Beim Filmteam hatte dies zunächst leichte Ratlosigkeit hervorgerufen. Insbesondere fragte man sich ein wenig irritiert, ob Silvio Belladonni nun Wahrheit und Fiktion tatsächlich nicht mehr voneinander trennen konnte und sich allen Ernstes einbildete, ganz real und nicht nur als Roman-figur bei der deutschen Wiedervereinigung mitgeholfen zu haben.

Letztlich legte man diese Bedenken aber zur Seite, verzichtete darauf, sich mit Silvio Belladonni auf eine Rekapitulation der Weltgeschichte einzulassen, und nahm das Angebot dankend an.

Eine Woche vor Aprilende zogen daher große Teile des Filmteams, Boris Baller und Arnold Hantelegger einge-schlossen, unter Dexters koordinierender Aufsicht von Berlin nach Sardinien um und bezogen in der Nähe von Silvio Belladonnis Villa Quartier. Nur Brad Hit, Julia Topherz und Danny Levino hatten nun erst einmal Drehpause und nutzten diese, um vorübergehend nach Hollywood zurückzufliegen.

Am Tag nach der Ankunft des Filmteams begannen die Vorbereitungen für die Filmaufnahmen in Belladonnis Villa. Der Hausherr war ebenfalls zugegen und ließ es sich nicht nehmen, die gesamte Mannschaft mittags persönlich mit einem üppigen Imbiss zu begrüßen. Draußen am Pool wandte sich Silvio Belladonni in einem kurzen Grußwort an seine

Gäste: "Seie Sie willkomme bei mir daheim in die Hause. Und mache Sie sich breit. Meine Hause seie eure Hause. Genieße Sie Ihre Daseie und Ihre Arbeite an die Originalorte von die deutsche Wiedereine."

Dann klatschte Silvio Belladonni einmal gut vernehmbar in die erhobenen Hände, und drei Kellner eilten aus dem Haus heraus nach draußen. Auf der rechten Hand balancierten sie jeweils ein Tablett, auf dem eine Reihe von Cocktailgläsern im Sonnenlicht schimmerte.

Dabei war nicht zu übersehen, dass aus jedem der Cocktailgläser oben ein schönes buntes Papierschirmchen herausragte.

Dexter fiel vor Schreck fast das Herz in die Hose. Da er ja nicht wissen konnte, dass Dimitri es längst vorgezogen hatte zu desertieren, dachte er nur in größter Panik: "Der Barracuda! Das Schirmchen! Oh weh!"

Sein Hirn rotierte. Und es sah ganz so aus, als ob es nur noch Sekunden dauern würde, bis die ersten Gäste von den Getränken kosten würden. Dexter kam zu dem Schluss, dass keine Zeit für Erläuterungen oder gar Diskussionen blieb. Blitzartig zog er den Revolver hervor, den er immer gut versteckt am Rücken trug, und schoss durch die versammelte Gästeschar hindurch den drei Kellnern die Tabletts aus den Händen.

Allgemeine Panik brach aus. Einige Anwesende, darunter auch Silvio Belladonni, warfen sich auf den Boden, andere blieben wie angewurzelt stehen und starrten mit großen Augen auf den Schützen. Und Dexter selbst sprang wie ein Wiesel um den Pool herum und schaute hinter jede Ecke und jeden Busch.

Dabei schrie er: "Schnell! Alle rein ins Haus! Ich gebe

Feuerschutz."

Angesichts der verwirrenden Lage folgten die anderen bereitwillig der Anweisung und huschten einer nach dem anderen in Belladonnis Wohnzimmer. Glücklicherweise war niemand durch Dexters Schüsse zu Schaden gekommen.

Als Dexter als Schlussmann schließlich selbst mit einem gekonnten Hechtsprung in Silvio Belladonnis Wohnzimmer landete, schrie ihn dieser zornesrot an: "Sie mir doch sage, dass Sie mit die Drehe noch nicht begonne. Warum Sie dann mache Szene? Warum Sie schieße auf die schöne Drinks? Sie spinne wohl!"

Dexter hörte allerdings nicht hin und sicherte stattdessen die Zugänge zu Belladonnis Wohnzimmer.

Es herrschte großes Durcheinander, und nur langsam wich die allgemeine Verunsicherung vorsichtigen Fragen nach dem Grund für all dies Theater.

Als dann nach einiger Zeit ein wenig Entspannung eingekehrt war, nutzte Silvio Belladonni dies, um darauf zu bestehen, vor dem versammelten Filmteam und Dexters hochgradig besorgten Augen einige Reste des Cocktails, die sich auf der Terrasse noch hatten sicherstellen lassen, die Kehle hinunterzuschütten und zu rufen: "Und, was seie nun mit mir? Wachse mir die grüne Haare?"

Augenscheinlich geschah aber nichts mit Silvio Belladonni, weder sofort noch mit Verzögerung.

Dexter, der von den anderen nur noch mit besorgten Blicken und Kopfschütteln bedacht wurde, haderte mit sich selbst: "War es ein Fehler zu schießen? Musste ich angesichts der Papierschirmchen denn nicht davon ausgehen, dass es sich um einen neuen Angriff handelte? Was hätte ich denn sonst tun sollen? Ich kann doch nicht seelenruhig dabei zusehen, wie das gesamte Filmteam tot in Belladonnis Pool kippt."

Dann gab Dexter sich einen Ruck und rief unter der für alle Fälle hinterlegten Notfallnummer bei Steven Vielwerk in Hollywood an.

33. Kapitel
April 2012 in Hollywood

Aus Bhutan

Durch die Zeitverschiebung war es in Kalifornien noch sehr früh am Morgen. Hollywoods Star-Regisseur lag noch in seinem Bett, als das Telefon neben ihm auf dem Nachttisch klingelte.

Nachdem er im Dunkeln erfolgreich nach dem Lichtschalter getappt hatte, nahm er das Handy von der Kommode und nuschelte verschlafen hinein: "Ja, bitte."

Dann folgten drei Minuten in denen er sich überwiegend schweigend Dexters Bericht anhörte und nur gelegentlich stöhnte:

"Oh nein."

"Nicht doch."

"Das kann doch wohl nicht wahr sein."

Als Dexters Wortschwall nachließ, brachte Steven nur matt heraus: "Soll das vielleicht ein Scherz sein, Dexter? Wenn ja, dann ist das ein wirklich schlechter Scherz. Ist Ihnen eigentlich klar, dass es hier in Hollywood noch mitten in der Nacht ist?"

Es folgte eine weitere Minute, in der Steven zuhörte, wie

Dexter seine Darstellung bekräftigte.

Da kam Steven eine Idee, wie er Dexters Aussagen überprüfen konnte. Er sagte: "Also, sofern Sie Ihrer Geschichte nicht noch weitere unfassbare Facetten hinzufügen wollen, dann müsste der Arnold doch irgendwo bei Ihnen sein?"

Dexter bestätigte.

Also entgegnete Steven: "Dann geben Sie mir den bitte mal ans Telefon."

Es dauerte einen kleinen Moment, dann meldete sich Arnold Hantelegger am anderen Ende der Leitung, und Steven sagte: "Dexter hat mir eben eine völlig haarsträubende Geschichte aufgetischt und beharrt darauf, dass alles wahr sei, was er sagt. Nun sag mir bitte, dass er mir nur einen Bären aufbinden will."

Nun folgten zwei Minuten, in denen Arnold Hantelegger Dexters Darstellung in allen wesentlichen Punkten bestätigte.

Steven erwiderte entnervt: "Wenn ihr da eine kleine Verschwörung ausgeheckt habt, nur um mich um meinen Schlaf zu bringen, dann kommt der nächste Golfschläger in deiner Motorhaube nicht von Cynthia, sondern von mir persönlich."

Arnold bekräftige aber nur nochmals in aller Ruhe die Fakten.

Also fragte Steven schließlich: "Und was soll das alles nun bitte schön bedeuten?"

Im Bemühen, die Konsequenzen des ungeplanten Dramas abzuschätzen, erwiderte Arnold: "Silvio Belladonni ist eindeutig ziemlich sauer. Aber noch hat er uns nicht rausgeschmissen. Und es ist auch abgesehen von den Gläsern nichts und niemand zu Schaden gekommen.

Im Grunde vermute ich daher, dass sich die Gemüter wieder beruhigen werden und wir morgen hier in der Villa weitermachen dürfen. Vorausgesetzt natürlich, Dexter dreht nicht wieder durch."

Und dann tuschelte Arnold noch leise ins Telefon: "Ich glaube, wir brauchen einen Aufpasser für Dexter."

Steven, der sich im Bett halb aufgerichtet hatte, fiel stöhnend in die Kissen zurück und erklärte: "Dann räumt mal schön säuberlich auf, richtet Herrn Belladonni meine aufrichtige Bestürzung aus, und sagt ihm, dass wir den entstandenen Schaden selbstverständlich ersetzen werden. Und ich werde mal ein wenig darüber nachdenken, was wir nun mit Dexter machen. Ich melde mich."

Und damit war das Telefonat beendet.

Von der anderen Seite des Bettes kam daraufhin zwischen den Kissen Cynthias verschlafene Stimme hervor: "Was war denn das? Hast du etwa gerade mit Arnie telefoniert?"

Steven bestätigte: "Ja. Es gibt ein paar Probleme beim Dreh auf Sardinien. Arnie ist anscheinend nicht der einzige Ballermann auf der Welt."

Cynthia räusperte sich benommen: "Musst du jetzt wieder nach Europa?"

Steven antwortete beschwichtigend: "Nein, ich werde versuchen, es von hier aus wieder einzurenken."

Von Cynthia kam noch leise: "Das ist schön. Dann können wir ja jetzt weiterschlafen."

Und dann bekräftigte sie dies durch einen leisen Schnarcher.

Steven war aber nicht mehr nach Schlafen zumute. Nachdem er sich noch ein paar Mal hin und her gewälzt hatte, stand er auf, gönnte sich gedankenversunken ein ausgiebiges Frühstück und rief schließlich noch recht früh am Morgen bei seinem Freund Cooper Cardinal an und schilderte ihm das Problem. Dann meinte er zu Cooper: "Du hast mir Dexter doch damals empfohlen. Was mache ich denn nun mit ihm?"

Cooper erwiderte: "Du wolltest damals den Besten haben. Und dass Dexter der Beste ist, steht nach meinen Informationen auch weiterhin völlig außer Frage."

Steven entgegnete: "Dexter mag ja durchaus seine Qualitäten haben. Eifrig ist er ja. Aber in seinem Eifer brennen bei ihm anscheinend sämtliche Sicherungen durch. Und damit gefährdet er die Dreharbeiten eher, als dass er sie auf Kurs hält. Ich brauche aber kein Chaos am Set, sondern ein reibungsloses Zusammenspiel aller Beteiligten.

Arnold meinte heute früh schon zu mir, wir brauchen einen Aufpasser für Dexter."

Cooper erwiderte: "Hm. Lass mich mal ein wenig nachdenken."

Vier Stunden später rief Cooper Cardinal zurück und verkündete: "Die Idee, Dexter einen zweiten Mann zur Seite zu stellen, ist vielleicht gar nicht so übel.

Ich habe mich ein bisschen umgehört, und ich glaube fast, ich habe den Richtigen für diese Aufgabe identifiziert. Sein Name ist Dönpo. Ursprünglich war er wohl einmal ein buddhistischer Mönch in Bhutan. Nun lebt er aber schon lange mit Familie in Wien. Er veranstaltet regelmäßig Seminare über die Harmonie des Chaos und zeigt den Teilnehmern, wie man entspannt mit Chaos umgehen und im Einklang mit dem Universum leben kann.

Er ist offenbar ziemlich erfolgreich mit seinen Kursen. Sogar einer von Nolamas Vorgängern war nach Ende seiner

Amtszeit schon dort.

Ich kenne diesen Dönpo zwar nicht persönlich, aber nach allem, was ich höre, handelt es sich bei ihm um einen anerkannten Experten auf dem Feld von Harmonie und Chaos. Vielleicht kann er ja bewirken, dass Dexter nicht noch mehr Durcheinander anrichtet. Jedenfalls wäre er momentan verfügbar."

Steven, der blindes Vertrauen in Cooper Cardinals exzellente Beziehungen zu den richtigen Leuten hatte, erklärte: "Okay, dann versuchen wir das. Schließlich hätte ich wirklich gerne Harmonie am Set. Wann könnte dieser Dönpo denn auf Sardinien sein?"

Cooper erwiderte: "Wenn wir einen Jet chartern, dann ist er in vier oder fünf Stunden dort."

Steven war froh, dass ein gangbarer Weg gefunden zu sein schien, mäßigend auf Dexter einzuwirken. Erfreut stellte er fest: "Dann dürfte dieser Dönpo ja bereits zum nächsten Frühstück auf Sardinien sein."

Dann hakte er noch einmal nach: "Und du glaubst wirklich, dass ein Guru aus Bhutan ein gutes Mittel für Harmonie am Set ist? Bei all meinen bisherigen Dreharbeiten ging es jedenfalls auch ohne einen Guru aus Bhutan."

Cooper sagte: "Nun ja, wir werden sehen. Zumindest ist Dönpo offenbar ein Fachmann. Und wenn es funktioniert, kannst du ihn ja künftig häufiger buchen."

Weit entfernt von Sardinien und Hollywood bemühte man sich unterdessen im Kreml fieberhaft, aber vergeblich, Kontakt zu Dimitri herzustellen.

Nachdem ihm der Vorfall auf Sardinien zu Ohren gekommen war, hatte der russische Präsident Wladimir Knutin endgültig genug von seinem Agenten und wollte ihn nur noch schnellstmöglich aus dem Verkehr ziehen. Denn fälschlicherweise dachte auch Knutin, Dimitri müsse seine Finger bei Belladonnis Cocktail im Spiel gehabt haben. Dass Dimitri längst über alle Berge war und nicht einmal von dem Vorfall auf Sardinien gehört hatte, konnte Knutin nicht wissen.

Als aber alle Versuche einer Kontaktaufnahme mit Dimitri erfolglos blieben, keimte auch im Kreml langsam der Verdacht, dass Dimitri still und heimlich seinen Dienst quittiert haben könnte.

Knutin drückte auf seine Fernsteuerung und ging in die Ecke seines Bürosaals hinüber, in der sich nun erneut das dunkle Loch im Fußboden auftat und rief in die Finsternis hinab: "Hallo, ihr Lieben. Ich habe eine schlechte Nachricht für euch. Es gibt wohl vorerst keinen Barracuda zum Dinner."

Aus dem Dunkel kam ein leises Knurren und Fauchen zurück.

34. Kapitel
April 2012 auf Sardinien

Harmonie

Auf Sardinien nahm man am nächsten Morgen mit leichter Verwunderung zur Kenntnis, dass das Filmteam offenbar ein neues Mitglied hatte.

Der Neue stellte sich unter dem Namen Dönpo vor und lächelte aus fröhlichen asiatischen Gesichtszügen. Er erzählte, er stamme aus Bhutan, lebe schon lange in Wien und halte regelmäßig Seminare über die Harmonie des Chaos ab.

Steven Vielwerk habe ihn gestern beauftragt, darauf hin-
zuwirken, dass die weiteren Dreharbeiten nicht von Chaos,
sondern von Harmonie geprägt würden. Ein wenig umständ-
lich legte er dar, dass seiner Erfahrung nach alles gut werde,
wenn man den Energien des Universums nur ihren natür-
lichen Lauf lasse und sich mit ihnen vereinige.

Dönpos Auftritt wurde zwar zunächst mit leichtem Erstaunen verfolgt. Aber da man sich über fröhlich lächelnde
Menschen schlecht beschweren kann, nahm man Dönpo
wohlwollend in der Runde auf. Und zunächst wagte auch
keiner so recht zu fragen, mit welchem Beitrag von Dönpo
denn nun konkret zu rechnen sei.

Silvio Belladonni hatte unterdessen seine Verärgerung
über den unhöflichen Umgang des Filmteams mit seiner
Gastfreundschaft am vorangegangenen Tag überwunden und
stolzierte in einer Mischung aus Neugier und Selbstherrlich-
keit zwischen seinen vielen Gästen aus Amerika umher.

Die Dreharbeiten konnten somit wie geplant weitergehen,
und alles lief wie am Schnürchen. Nach und nach dämmerte
es Dexter, dass ihm Dönpo als Aufpasser zur Seite gestellt
worden war. Denn Dönpo behielt ihn stets genau im Auge.
Bisweilen gesellte er sich sogar zu ihm und kommentierte den
Fortschritt der Arbeiten mit obskuren Weisheiten.

Unter anderem kam von Dönpo:

"Wieder einmal zeigt es sich: Wenn man die Dinge nur
einfach laufen lässt, dann laufen sie auch."

"Je lockerer man mit den Energien des Universums tanzt,
desto leichter geht es über das Parkett."

"Gutes braucht man nicht zu stören, denn das Gute
braucht die Ruhe."

Zunächst wurde Dexter ein wenig kribbelig bei dieser

Behandlung, aber nach und nach entfaltete Dönpos Anwesenheit eine nahezu hypnotisierende Wirkung auf ihn. Er wurde ruhiger, und es überkamen ihn Gelassenheit und tiefe innere Entspannung.

Als Dexter schließlich abends im Bett lag, dachte er nur noch: "Dönpo hat schon recht. Es ist nicht alles Chaos, es gibt auch Harmonie."

Und dann schlief er tief und fest ein.

Am nächsten Tag stand der Dreh jener Pokerszene aus Boris Ballers Bestseller an, in welcher der italienische Ministerpräsident Silvio Belladonni dem sowjetischen Staatschef Wladimir Knutin die Zustimmung zur deutschen Wiedervereinigung abluchst.

Und es zeigte sich, dass Arnold Hantelegger und Boris Baller sichtlich ihren Spaß daran hatten, diese Szene vor laufender Kamera im abgedunkelten Salon des echten Silvio Belladonni darzubieten.

Als am Ende des entscheidenden Pokerspiels die Karten offengelegt wurden und klar war, dass er Ostdeutschland verzockt hatte, warf sich Boris Baller in seiner Rolle als Wladimir Knutin theatralisch in seinen Sessel zurück und mimte den Enttäuschten.

Arnold Hantelegger dagegen erhob sich in seiner Rolle als Silvio Belladonni von seinem Sitz und verkündete voll vorgetäuschten Mitgefühls: "Lieber Wladdy, du nicht seie traurig. Alle halb so schlimm. Und damit du das auch sehe, hier eine kleine Lied für dich zu Troste."

Und er sang:

"Ans Ufer von Sardinia,
der Wladdy kam aus Russia.

Denn ich hatt' ihn eingeladen,
schön ist's, hier im Meer zu baden.

Abends aßen wir sehr fein,
und es gab ein Gläschen Wein.
Nach mehr Spaß wir heiter sahen,
einmal Pokern sollte nahen.

Deutschlands Einheit war der Preis,
dafür bot ich weit're Speis.
Wladdy hatte schlechte Karten,
muss auf neues Glück nun warten."

Wie bei seinem Auftritt für Cynthia bediente sich Arnold zwar eher eines Sprechgesangs als melodiöser Finessen, aber das Filmteam war zufrieden. Die für Boris Ballers Version der Wiedervereinigung höchst wichtige Pokerrunde zwischen Silvio Belladonni und Wladimir Knutin war erfolgreich im Kasten.

Nur der echte Silvio Belladonni, der die Aufnahmen aus einer Ecke seines Salons heraus beobachtet hatte, murrte: "Warum könne ich mich denn nicht selber spiele? Ich viel besser singe als die Arnold!"

Nach den Aufnahmen schlug Dönpo Dexter vor, einen kleinen Abstecher in ein benachbartes Fischerdorf zu machen. Dexter war einverstanden. Und als die beiden dort ange-kommen waren, setzten sie sich ganz entspannt als einzige Gäste der Vorsaison in ein Cafe am Hafen. Mal ließen sie ihre Blicke einfach nur über den glitzernden Widerschein der Sonne auf dem Wasser schweifen, mal nippten sie ein wenig an ihren Getränken, und bisweilen tauschten sie auch ein paar kurze Betrachtungen über Harmonie und Chaos aus.

Dexter war mit sich im Reinen und dachte: "Ist doch eigentlich ein ganz netter Kerl, dieser Dönpo."

Und Dönpo sagte sich im Stillen zufrieden: "So leicht und noch dazu im Einklang mit dem Universum verdient man sein Geld doch wahrlich gerne."

35. Kapitel
Mai 2012 in Berlin

Gold

Mitte Mai ging es für den Rest der Dreharbeiten zurück nach Berlin auf die Baustelle des zukünftigen Flughafens der deutschen Hauptstadt. Dexter organisierte unter Dönpos wachsamen Augen den erneuten Umzug des gesamten Film-teams. Und in Berlin kamen auch Julia Topherz, Brad Hit und Danny Levino wieder hinzu, während Steven Vielwerk es vorerst vorzog, in Hollywood zu bleiben.

Zunächst wurde nun am künftigen Flughafen mit Boris Baller und Julia Topherz der nächste Teil der Handlung gedreht, in welchem der sowjetische Staatschef Wladimir Knutin gegenüber der deutschen Kanzlerin Angela Rautel die Bedingung nachschiebt, Deutschland müsse vor einer Wie-dervereinigung zuerst fünftausend Tonnen Gold im Kreml ab-liefern.

Danach kam die Szene mit Brad Hit an die Reihe, in der Barack Nolama bei der Begründung seiner Unterstützung für die Wiedervereinigung die Bemerkung fallen lässt, nun würden auch die Ostdeutschen endlich eine ordentliche Krankenversicherung bekommen. Das war genau die Sequenz, deren potentielle Wirkungen auf die Wähler dem echten Barack Nolama in seinem Wahlkampf ein wenig Sorgen gemacht hatten. Wegen dieser Szene hatte er mit Cynthia Vielwerk über den Termin für den Kinostart verhandelt und dabei seine Golfschläger geopfert.

Nachdem diese Aufnahmen im Kasten waren, war es dann so weit, dass auch der großartige Tag der Einheit selbst gedreht werden konnte und zwar ganz so, wie ihn Boris Baller in seinem Roman *Die Kanzlerin der Einheit* auf den 3. Oktober 2010 gelegt hatte.

Drehort war anders als sonst nicht die Baustelle für den zukünftigen Berliner Flughafen, sondern das echte Brandenburger Tor. Viele Schaulustige säumten in der Berliner Innenstadt die Absperrungen, als die vier Hauptakteure gemeinsam vor laufender Kamera zur Feier der Einheit durchs Brandenburger Tor schritten: Julia Topherz als Angela Rautel und somit als Kanzlerin des wiedervereinigten Deutschlands, Danny Levino als Gregor Riesi und somit als scheidender ostdeutscher Staatschef, Brad Hit als der amerikanische Präsident Barack Nolama und Boris Baller als der sowjetische Staatschef Wladimir Knutin.

Nicht zuletzt wegen dieser anspruchsvollen Außenaufnahmen war auch Steven Vielwerk eigens wieder aus Hollywood angereist. In einer Mischung aus Anspannung und Routine überwachte er, wie unter schönstem blauem Himmel im Herzen Berlins erfolgreich ein glanzvoller Staatsakt in Szene gesetzt wurde.

Als das Filmteam dann abends erschöpft, aber zufrieden

direkt neben dem Drehort im Hotel Adler zum Dinner versammelt war, ergab sich für Steven die Gelegenheit, Bekanntschaft mit seinem zwei Wochen zuvor neu engagierten Mitarbeiter Dönpo zu machen.

Nach freundlicher gegenseitiger Begrüßung meinte Steven: "Wie ich höre, erfüllen sie voll die in Sie gesetzten Erwartungen. Die Dreharbeiten sollen in den vergangenen zwei Wochen ja absolut reibungslos verlaufen sein. Kein Chaos, keine weitere Sabotage durch wen oder was auch immer und kein weiterer Schusswaffengebrauch durch Dexter."

Dönpo erwiderte entspannt: "Ja, es ist alles ganz glatt über die Bühne gegangen. Es entspricht aber durchaus meinen Erfahrungen im Rahmen der Seminare zur Harmonie des Chaos, die ich regelmäßig gebe, dass die Menschen ruhiger und zugleich produktiver werden, wenn sie aufhören, ständig gegen alles und jeden anzukämpfen, und sie sich stattdessen einfach dem allgegenwärtigen Fluss der Energien des Universums öffnen."

Innerlich musste Steven angesichts so erbaulicher Worte zwar ein wenig lächeln, aber nach außen ließ er sich dies nicht anmerken und stellte sachlich fest: "Es heißt jedenfalls, Dexter wirke seit Ihrer Ankunft viel ausgeglichener und besonnener als zuvor, fast so, als sei er in Trance."

Dönpo gab zurück: "Ja, ich würde auch sagen, dass Dexter gute Fortschritte auf seinem Weg zum Einklang mit der Wirklichkeit macht."

Daraufhin sagte Steven: "Solange Dexters psychische Verfassung weiterhin im Einklang mit einer planmäßigen Fertigstellung der Filmarbeiten steht, soll es mir recht sein."

Um Stevens Anflug von Bedenken zu zerstreuen, verkündete Dönpo heiter: "Machen Sie sich keine Sorgen. Mir scheint, Dexters neuer Sinn für Harmonie befindet sich in voller Übereinstimmung mit Ihren Interessen als Regisseur."

Nach dem durch Gregor Riesi verursachten Mauerfall und der entscheidenden Pokerrunde zwischen Silvio Belladonni und Wladimir Knutin auf Sardinien war nun mit dem Tag der Einheit am Brandenburger Tor der dritte große Meilenstein der Handlung gedreht. Die Verfilmung von Boris Ballers Bestseller *Die Kanzlerin der Einheit* war damit schon weitgehend abgeschlossen. Es fehlten allerdings noch zwei wichtige Schlussszenen.

Denn laut Boris Ballers Roman kam es einige Wochen nach der Wiedervereinigung am 3. Oktober 2010 zu einer ersten gesamtdeutschen Wahl für den Bundestag. Und das Ergebnis fiel so aus, dass Kanzlerin Rautel keine andere Möglichkeit blieb, als eine Koalition mit Gregor Riesi einzugehen, der sich im Zuge seiner Amtsenthebung als Staatschef der Deutschen Demokratischen Republik schnell und geschmeidig an die Spitze einer neuen, linksgerichteten Partei gesetzt hatte.

Und diese Koalition zwischen Angela Rautel und Gregor Riesi, auf die Boris Ballers Roman hinauslief, war auch genau der Punkt, welcher der echten Angela Rautel an dem Buch und dem im Entstehen begriffenen Film am meisten missfiel. Zähneknirschend fand sie sich mit dieser Facette des Romans erst in dem Moment ab, als ihr Bürochef Walter Heftling achselzuckend zu ihr meinte: "Es einfach gelassen hinzunehmen, ist wohl das Einzige, was du machen kannst. Man könnte auch sagen: Es ist alternativlos."

Beim vorletzten Dreh ging es daher nun um eine erste gemeinsame Kabinettssitzung mit Julia Topherz als Angela

Rautel und Danny Levino als Gregor Riesi. Ein entsprechender Saal war in den Rohbauten des künftigen Hauptstadtflughafens hergerichtet worden.

Es waren allerdings zur wachsenden Verzweiflung des Kameramanns mehr als ein Dutzend Anläufe erforderlich, bis die Szene im Kasten war.

Beim ersten Versuch stolperte Danny Levino angesichts von Julia Topherz schlicht über seine eigenen Füße. Beim nächsten Versuch ließ sich Danny zwar erfolgreich in den Kabinettssessel neben Julia fallen, hauchte dann aber nur in unüberhörbarer Verzückung hervor: "Oi, oi, oi, meine Kanzlerin."

Der dritte Anlauf führte ungefähr zu demselben Ergebnis. Beim sechsten Versuch brach Julia Topherz schließlich in für die Szene nicht vorgesehenes schallendes Gelächter aus. Beim neunten Anlauf hätte es beinahe geklappt, wenn der entnervte Kameramann nicht vergessen hätte, rechtzeitig mit der Aufzeichnung zu beginnen.

Und auch der elfte Anlauf ging daneben, als Julia Topherz zwar staatsmännisch und rollenkonform zu Danny sagte: "Ich freue mich, Sie im Kreise des neuen Kabinetts als Vizekanzler und Außenminister des wiedervereinten Deutschlands begrüßen zu dürfen."

Aber Danny gab rollenwidrig zurück: "Stets Ihr ergebenster Diener, Julia, äh, Angela!"

Erst nach einer längeren Pause, einigen Tassen Kaffee, ein paar sanften Schlägen auf Dannys Hinterkopf und einem intensiven Zwiegespräch zwischen Danny und Dönpo gelang es schließlich, diese Szene erfolgreich über die Bühne zu bringen.

Somit konnte zwei Tage später auch die allerletzte Szene

des Buches und des Films gedreht werden.

In dieser Schlusssequenz durfte Boris Baller für die Verfilmung seines eigenen Romans ganz alleine in seiner Rolle als Wladimir Knutin auftreten.

Denn um zu unterstreichen, dass Deutschland das geforderte Gold im Kreml abgeliefert hatte, durfte Boris Baller nun vor laufender Kamera als Wladimir Knutin in einer goldenen Badewanne umgeben von Bergen goldenen Schaums ein ausgiebiges Bad nehmen. Und dabei durfte er höchste Zufriedenheit mit sich und der Welt zur Schau stellen.

Boris musste sich keineswegs anstrengen, um dieses Bad auch tatsächlich in vollen Zügen zu genießen. Als die Einstellung längst gedreht war, wollte er die Badewanne zunächst gar nicht wieder verlassen und sang: "Wie schön kann man sich waschen mit Knutins vollen Taschen."

Und mit dieser Szene waren die Dreharbeiten schließlich beendet. Alle erforderlichen Aufnahmen für die Verfilmung von Boris Ballers Roman *Die Kanzlerin der Einheit* waren nunmehr erfolgt.

Die Kameras und sämtliche andere Gerätschaften wurden zusammengepackt. Und das Auseinandergehen des Filmteams rückte in greifbare Nähe.

Zunächst fand im Hotel Adler aber noch ein großes Abschlussdinner statt. Bei dieser Gelegenheit erkundigte sich Steven Vielwerk bei Dexter: "Wie geht es denn nun, da ich Ihre Dienste nicht mehr brauche, bei Ihnen weiter? Bleiben Sie im Regiegeschäft?"

Dexter antwortete: "Mal sehen. Zumindest habe ich inzwischen erkannt, dass es Besseres gibt, als der Beste zu sein. Dönpo hat mir die Augen geöffnet. Daher werde ich mich nun zunächst für eine Weile in ein Kloster in Bhutan zurückziehen, um dort in aller Ruhe weiter über Leid, Glück und die Harmonie des Chaos zu meditieren."

Steven hakte nach: "Das heißt also, Sie begleiten Dönpo zurück nach Bhutan?"

Ein wenig irritiert schaute Dexter auf Steven und erklärte: "Nein. Dönpo wohnt doch in Wien. Er hat sein Kloster in Bhutan schon vor vielen, vielen Jahren verlassen und wohnt jetzt mit Frau und vier Kindern im 13. Bezirk. Wussten Sie das denn nicht?"

Steven erinnerte sich an die Worte von Cooper Cardinal und murmelte: "Ach ja, stimmt ja."

Am nächsten Morgen verstreute sich das Filmteam dann in die unterschiedlichsten Richtungen.

Steven Vielwerk nahm sich ein Taxi und sah zum Abschied nochmals bei Gregor Riesi vorbei. Er bedankte sich erneut für dessen tatkräftige Unterstützung bei der Überwindung der bürokratischen Hindernisse, denen man sich im Land Brandenburg gegenübergesehen hatte. Und er lud Riesi zu seiner nächsten Neujahrsparty nach Hollywood ein. Allerhand Gelächter gab es dann noch, als sich zeigte, dass Riesi diesmal zu Stevens großer Verblüffung keine Kekse zur Hand hatte.

Nachdem sie sich voneinander verabschiedet hatten, begab sich Steven auf den Weg zum Flughafen. Und zur Abwechslung ging es nicht zum zukünftigen Berliner Flughafen, sondern zum aktuellen Berliner Flughafen.

Ein langer Rückflug über den Atlantik folgte. Als Steven Vielwerk endlich wieder daheim in Hollywood angekommen war und erschöpft durch die Haustür trat, rief er durch die

Eingangshalle: "Hallo Schatz, bin wieder da!"

Aber von Cynthia kam keine Antwort. Also schaute Steven erst im Wohnzimmer nach ihr, und dann warf er einen Blick in die Küche. Doch Cynthia blieb unsichtbar. Steven war ein wenig verwundert, denn sie hatte am Telefon gesagt, dass sie daheim sein würde.

Da hörte er ein Geräusch, das aus einiger Entfernung von der anderen Seite des Hauses zu kommen schien. Steven ging auf die Terrasse und sah, dass Cynthia im Garten Golf spielte.

Steven schlenderte zu seiner Frau hinüber, begrüßte sie und fragte neugierig "Und? Welche Schläger benutzt du gerade? Etwa die von Nolama?"

Cynthia bestätigte: "Na klar. Man soll seine Trophäen doch nicht in der Ecke verstauben lassen."

Steven hakte nach: "Sind die Schläger des Präsidenten denn okay?"

Von Cynthia kam frohgemut zurück: "Die sind sogar ganz hervorragend."

Mit Unschuldsmiene forschte Steven weiter: "Es kommt also doch auch Gutes von Nolama?"

Cynthia wollte schon empört widersprechen, aber dann lächelte sie Steven nur kopfschüttelnd an und meinte: "Kaum bist du zu Hause, schon wirst du wieder frech."

Steven freute sich, dass Cynthia offenbar guter Laune war und ihr Stimmungstief nach der geplatzten Neujahrsparty und der ungerechtfertigten Zertrümmerung von Arnold Hanteleggers Motorhaube hinter sich gelassen hatte.

Die beiden aßen gemeinsam zu Abend, und am nächsten Tag stürzte sich Steven wieder in seine Arbeit in Hollywood. Mit der Fertigstellung von Schnitt und Ton für *Die Kanzlerin der Einheit* betraute er seine Experten, mischte sich in der

Folgezeit nur wenig in diese Arbeiten ein und widmete sich seinen nächsten Filmprojekten.

36. Kapitel
September 2012 in Hollywood

Verhext

Anfang September verkündeten Stevens Mitarbeiter, dass die Arbeiten an dem Film nunmehr ihres Erachtens abgeschlossen seien.

Damit konnte das Werk nun im Rahmen einer Generalprobe begutachtet werden. Diese fand bei Steven stets in der Form statt, dass er sich zusammen mit seiner Frau Cynthia und zwei oder drei Freunden den jeweiligen Film einmal komplett von Anfang bis Ende im Heimkino seiner Villa vorführen ließ. Dabei war es allen Anwesenden untersagt, dass Werk bereits während der Vorführung zu kommentieren. Im Anschluss gab es dann aber ein gemeinsames Abendessen, bei dem alle ganz unverblümt ihre Eindrücke äußern durften und Steven die Liste mit den letzten Änderungswünschen vorbereitete, die er zwei oder drei Tage später an sein Team weitergab.

Nachdem er zusammen mit Cynthia einen Termin für die Generalprobe ausgesucht hatte, fragte er sie: "Und wen sollen wir diesmal hinzubitten?"

Cynthia erwiderte: "Wenn ich das, was du mir über den Film erzählt hast, richtig verstanden habe, dann wären doch vielleicht Julia und Danny geeignet."

Steven nickte: "Gute Idee. Ich werde es versuchen."

Danny Levino sagte auch sofort zu. Bei Julia Topherz stellte sich aber heraus, dass sie an dem Datum bereits anderweitig verplant war.

Also zog Steven nochmals Cynthia zurate: "Boris Baller können wir ja wohl zu diesem Zweck nicht einfliegen lassen. Soll ich also Brad Hit fragen?"

Cynthia zögerte: "Und dann bringt er wohlmöglich seine Angelina mit? Und wir haben den ganzen Abend ein Dutzend Kamerateams vor der Haustür? Ach, das muss nicht sein, glaube ich.

Dann frag doch lieber den Arnie."

Eine Woche später fanden sich also Danny Levino und Arnold Hantelegger bei Cynthia und Steven zur Generalprobe für *Die Kanzlerin der Einheit* ein.

Während die Vorführung lief, waren alle bemüht, den Film möglichst unvoreingenommen auf sich wirken zu lassen und sich eine objektive Meinung zu bilden.

Als dann nach Wladimir Knutins goldenem Bad auch der Abspann durchgelaufen war und das Licht wieder anging, bat Steven: "Bevor wir in die Diskussion einsteigen, lasst uns vorher den Raum wechseln und uns gemütlich zum Abendessen setzen."

Erst als die Vorspeise serviert wurde, fragte Steven neugierig in die Runde: "Und, was meint ihr?"

Cynthia eröffnete das Feedback: "Also, eines ist schon mal sonnenklar: Julia Topherz als deutsche Kanzlerin ist wirklich ein Knaller. Dass sie das so gut hinkriegen würde, hätte ich gar nicht erwartet. Die Hosenanzüge, die Haare, die Handbewegungen, die Mundwinkel, alles passt. Julia ist wirklich eine tolle Charakterdarstellerin."

Danny Levino nickte versonnen und pflichtete Cynthia bei: "Julia ist nun mal eine Klasse für sich. Sowieso und auch als Angela Rautel."

Und an Arnold Hantelegger gewandt fügte er hinzu: "Ich fürchte, da können wir anderen in unseren Rollen nicht ganz mithalten."

Arnold erwiderte: "Och, ich finde schon, dass sich alles ganz gut zusammenfügt. Ob man allerdings mein Trostlied für Wladimir Knutin tatsächlich den Zuschauern zumuten kann, das möchte ich doch arg bezweifeln."

Cynthia widersprach: "Da sehe ich kein Problem. Du singst gar nicht mal so fürchterlich. Abgesehen davon ist das Publikum bestimmt neugierig, dich singen zu hören. Für ein paar Lacher taugt deine Gesangseinlage allemal."

Angesichts derart zweifelhaften Lobs verzog Arnold leicht die Miene und meinte zu Steven: "Können wir denn nicht wenigstens ein bisschen musikalische Untermalung unter meinen Auftritt legen?"

Steven nickte: "Ja, wir werden mal sehen, was sich machen lässt. Ich habe mich auch schon gefragt, ob wir dein Gekrächze nicht irgendwie abmildern sollten."

Danach wanderte die Diskussion weiter zu anderen Aspekten des Films.

Als es dann um Brad Hit in seiner Rolle als Barack Nolama ging, erklärte Cynthia: "Mir gefällt es eigentlich ganz gut, wie Brad seine Sache macht. Man wird durch seine Auftritte in dem Gefühl bestärkt, dass man Nolama besser nicht wählen sollte."

Danny Levino zuckte zusammen: "Aber Cynthia, du gibst deine Stimme doch nicht etwa den Republikanern?"

Und damit schweifte das Gespräch für eine Weile zu den

bevorstehenden Präsidentschaftswahlen ab, bis zu denen es nun nur noch sieben Wochen waren.

Danny ergriff vehement Partei für Nolama und pries dessen Stärken. Cynthia hielt unermüdlich dagegen. Nicht überraschend war, dass Arnold sich zu den Republikanern bekannte, er klang dabei aber eher lustlos und wenig überzeugend. Und Steven bemühte sich, beiden Seiten gewisse Vorzüge zuzubilligen.

Bei allen politischen Differenzen war es aber ein sehr harmonischer Abend, an dessen Ende Steven Vielwerk erfolgreich einige Ideen gesammelt hatte, wie *Die Kanzlerin der Einheit* noch allerletzten Feinschliff bekommen konnte.

Anfang November 2012 wurde Barack Nolama dann als Präsident der Vereinigten Staaten wiedergewählt.

Cynthia reagierte mit unübersehbarem Missmut. Steven ging zunächst darüber hinweg, denn er dachte, Cynthias Ärger würde in Anbetracht der Unverrückbarkeit des Wahlergebnisses recht bald wieder verfliegen.

Als Cynthia aber auch einige Tage nach der Wahl immer noch mit dem Lauf der Dinge zu hadern schien, unternahm Steven einen vorsichtigen Versuch, das Gemüt seiner Frau ein wenig zu besänftigen, und meinte: "Die letzten vier Jahre haben wir doch ganz gut überstanden. Also werden die nächsten vier Jahre schon auch nicht so schlimm werden. Meinst du denn nicht auch, dass es fast zu erwarten war, dass Nolama wiedergewählt wird?"

Zunächst sah Cynthia Steven nur finster an, dann sagte sie: "Jeder weiß doch, dass ich für die Republikaner bin, nicht wahr?"

Steven nickte. Daraufhin druckste Cynthia ein wenig herum, bevor sie mit der wahren Quelle ihrer schlechten

Laune herausrückte: "Irgendwie muss mich Nolamas Golf-ausrüstung verhext haben. Oder wie soll man es denn bitte sonst erklären, dass ich mein Kreuzchen bei diesem Schön-redner gemacht habe?"

Steven war in der Tat verblüfft. Mit einer derartigen Offenbarung hatte er nun wirklich nicht gerechnet.

Grimmig fuhr Cynthia fort: "Und wenn selbst ich ihn gewählt habe, hast du ihn natürlich auch gewählt."

Steven erwiderte: "Nein, selbstverständlich nicht. Ich will doch keinen Krach mit meiner lieben Frau."

Cynthia stöhnte, schüttelte nur noch fassungslos den Kopf und raufte sich die Haare.

Steven bemühte sich zunächst um Haltung, konnte ein Kichern aber bald nicht mehr unterdrücken. Zunächst sah Cynthia Steven nur leicht irritiert an, aber schließlich konnte auch sie sich der Komik der Situation nicht länger ver-schließen, und gemeinsam brachen sie in schallendes Geläch-ter aus.

Eine Woche später war dann der große Tag gekommen. *Die Kanzlerin der Einheit* startete in den Kinos. Steven war durchaus ein bisschen nervös, denn der Erfolg eines Films ließ sich auch mit all seiner Erfahrung nur schwer im Voraus abschätzen. Seine leichte Anspannung erwies sich allerdings als unbegründet, denn der Film kam beim Publikum sehr gut an. Auch die Kritiken waren ganz überwiegend wohlwollend. Insbesondere die Performance von Julia Topherz als Angela Rautel wurde überschwänglich gelobt.

In den folgenden Wochen bis zum Jahresende hielt sich der Film konstant im oberen Bereich der Kinocharts.

37. Kapitel
Januar 2013 in Hollywood

Überraschung

Das Jahr 2013 begann, und am Neujahrstag stand im Hause Vielwerk die Ausrichtung der alljährlichen Neujahrsparty bevor. Bereits ab Mittag liefen alle Vorbereitungen auf Hochtouren.

Steven war zwar ein wenig enttäuscht, dass neben Boris Baller auch Dexter und Gregor Riesi abgesagt hatten. Aber dafür hatten immerhin Julia Topherz mit ihrem Mann Bud, Danny Levino, Arnold Hantelegger und Brad Hit zugesagt.

Während bei den Vielwerks alles für den Abend hergerichtet wurde, bestieg unterdessen auf Hawaii der frisch wiedergewählte Barack Nolama die Airforce One und begab sich auf den Rückflug von seinem Weihnachtsurlaub nach Washington. Er war allein unterwegs, denn seine Frau Michelle hatte beschlossen, zusammen mit den Kindern noch einige Tage am Pazifik zu bleiben.

Nachdem sie gestartet waren und bereits eine Weile flogen, fragte Nolama: "Wie gut sind wir denn eigentlich in der Zeit?"

Ein Crew-Mitglied antwortete: "Bestens. Sie werden etwa neunzig Minuten früher als geplant wieder zurück im Weißen Haus sein."

Nolama schwieg einen Moment, dann meinte er: "Könnten wir vielleicht einen kleinen Zwischenstopp in Los Angeles einlegen?"

Fragende Blicke richteten sich auf den Präsidenten, und Nolama fuhr fort: "Lassen Sie uns das doch einfach machen. Ich bräuchte dann bitte am Flughafen einen Hubschrauber, der mich zum Haus von Steven Vielwerk bringt. Dann mische ich mich für ein Stündchen unter seine Neujahrsgäste und danach fliegen wir weiter nach Washington. Aber warnen Sie die Vielwerks nicht vor. Schließlich soll es eine Überraschung sein."

Ab sechs Uhr trafen bei Cynthia und Steven die ersten Gäste ein. Auch Nachbar Arnold Hantelegger war pünktlich, reichte Cynthia einen riesigen Blumenstrauß und fragte in einer Mischung aus Humor und leichter Sorge: "Na, was meinst du? Schaffen wir das heute ohne Neujahrsdrama? Oder ragt in einigen Stunden wieder ein Golfschläger aus meiner Motorhaube? Solange in der Umgebung niemand zu Waffen greift, müsste es doch eigentlich gut gehen, oder?"

Cynthia lächelte Arnold an und erwiderte: "Mach dir mal keine Gedanken. Heute wirft mich so schnell nichts aus der Bahn."

Weitere Gästen kamen, unter ihnen auch Danny Levino, Julia Topherz und ihr Mann Bud. Da war mit einem Mal aus der Ferne ein leises Knattern zu hören. Aber vorerst schenkte dem niemand Beachtung. Nach und nach wurde das Knattern aber lauter. Erste erstaunte Blicke irrten umher. Schließlich wurde aus dem Knattern ein ohrenbetäubendes Dröhnen. Alle gingen zu den Fenstern, sahen hinaus und wurden Zeugen, wie mitten im Vielwerkschen Garten ein großer Militärhubschrauber landete. Pflanzen flogen durch die Luft, und Wasser aus dem Pool wurde gegen die Terrassenfenster gepeitscht.

Cynthia und Steven starrten sich gegenseitig mit fragenden Blicken an. Steven wollte schon zum Telefon hasten und die Polizei alarmieren, da öffnete sich an dem Hubschrauber eine Tür, ein Treppchen wurde ausgeklappt, und auf deren oberster Stufe erschien winkend und mit strahlendem Lächeln der amerikanische Präsident.

Federnden Schrittes kam er das Treppchen hinab und eilte über den Rasen auf die versammelte Gästeschar zu, die instinktiv eine Gasse bildete, die zu Cynthia und Steven führte.

Als Barack Nolama bei den beiden angekommen war, fragte er kumpelhaft: "Na, was sagt ihr nun, ihr Lieben? Das ist doch mal eine Überraschung, oder?"

Steven wusste nicht recht, wie er reagieren sollte, und erwiderte leicht benommen: "Es ist uns eine Ehre, Sie bei uns daheim begrüßen zu dürfen, Mister President."

Cynthia tuschelte daraufhin zu ihrem Mann: "Hast du ihn etwa eingeladen?"

Steven schüttelte kurz den Kopf. Nolama ließ sich aber nicht beirren und verkündete fröhlich: "Nur wer durch die Haustür kommt, braucht eine Einladung. Wer die Terrassentür nimmt, darf doch bestimmt auch ohne Einladung hinein, meinen Sie nicht auch, Cynthia?"

Cynthia hatte es endgültig die Sprache verschlagen, und Steven brachte nur heraus: "Gewiss doch, unsere Terrassentür steht immer für Sie offen, Mister President."

Strahlend redete Nolama weiter: "Mit meinem Besuch möchte ich Ihnen beiden auch nochmals dafür danken, dass Sie sich mich bei meiner Wiederwahl so bereitwillig unterstützt haben."

Cynthia erbleichte zusehends. Und in Steven stieg die sehr

berechtigte Furcht empor, dass in wenigen Augenblicken mit einem höchst explosiven und in seinen Folgen kaum kalkulierbaren Gemütsausbruch seiner Frau zu rechnen war. Daher sagte er schnell zu Nolama: "Ja, ja. Aber nun begleiten Sie mich, und begrüßen Sie auch die anderen Anwesenden."

Dann packte er den Präsidenten am Arm, verschwand mit ihm in der Menge und gab dabei noch schnell Arnold Hantelegger einen vielsagenden Knuff in die Seite.

Cynthia blieb wie angewurzelt stehen. Da Arnold mit dem Temperament seiner Nachbarin inzwischen recht gut vertraut war, hatte er Stevens Knuff sofort richtig gedeutet. Er stellte sich geschwind vor Cynthia und fragte sie mit vorsorglich bereits leicht ausgebreiteten Armen: "Na, alles unter Kontrolle? Oder muss ich ein wenig auf dich aufpassen?"

Cynthia stieß zwischen den Zähnen hervor: "Wenn ich mich nicht augenblicklich irgendwie abreagieren kann, gehe ich unserem Präsidenten noch vor der versammelten Gästeschar an den Kragen."

Arnold reagierte prompt: "Ich wüsste da ein Mittel. Bei mir wirkt es immer."

Und er deutete mit den Händen an, wie man ein Gewehr anlegt.

Cynthias Augen weiteten sich, und sie war prompt einverstanden: "Au ja. Lass uns ballern gehen."

Arnold fand, dass er einen ziemlich effektiven Weg zur Vermeidung drohender Komplikationen gefunden hatte. Er manövrierte Cynthia zügig aus der Gästeschar heraus, ging mit ihr nach nebenan zu seinem Haus und führte sie zum Schießstand in seinem Keller. Und als die beiden dort angekommen waren, sagte er: "So, Cynthia, nun kannst du dich nach Herzenslust abreagieren. Die Anlage ist absolut kugelsicher. Solange wir uns nicht gegenseitig über den

Haufen schießen, kann überhaupt nichts schief gehen."

Cynthia erwiderte: "Dann zeig mir mal die größte Kanone, die du auf Lager hast!"

Arnold öffnete den Waffenschrank, und hielt Cynthia das monströse Gerät entgegen, das er einst in seinem Garten für Kraftübungen missbraucht hatte und mit dem er dabei versehentlich den Leuchter von der Decke des Vielwerkschen Wohnzimmers geschossen hatte.

Cynthia versuchte, die Waffe zu halten, hatte aber Probleme mit deren Gewicht. Arnold half ihr daher, die Kanone auf einem Bock in Anschlag zu bringen. Als alles in Position war, sagte er: "Okay, dann wollen wir mal entsichern. So. Nun kannst du feuern."

Das tat Cynthia dann auch. Und es blieb nicht nur bei einem Schuss. Weitere Schüsse mit dieser Waffe und anderen folgten.

Als Nolamas Sicherheitsbeamte registrierten, dass vom Nachbargrundstück her Gewehrfeuer zu hören war, nahmen sie das verdächtige Terrain sofort ins Visier und erwogen schon einen blitzartigen Zugriff. Erst allmählich setzte sich die Auffassung durch, dass es sich um harmlose Schießübungen eines Nachbarn handeln musste.

Auch Steven hörte die Schüsse. Er hielt Ausschau nach seiner Frau und Arnold Hantelegger, konnte die beiden aber nirgends erblicken. Da war ihm klar, was vor sich ging, und er dachte anerkennend: "Ich muss schon sagen: Das war ein sehr geschickter Schachzug von dir, Arnie."

Nolama wurde immer noch von Gast zu Gast weitergereicht, als plötzlich ein kleiner Aufruhr in der Menge entstand, denn Brad Hit war eingetroffen.

Als Brad wenig später auf Nolama traf, sagte er unter Anspielung auf seine Filmrolle ganz lässig: "Cool, das Original ist ja auch hier."

Nolama erwiderte: "So ist es. Aber wissen Sie eigentlich, dass die Idee, Sie meine Rolle spielen zu lassen, von meiner Frau stammt?"

Brad zuckte nur ungerührt mit den Schultern, also fuhr Nolama fort: "Ich finde jedenfalls, Sie machen das ganz gut. Darf ich Sie jetzt häufiger als mein Double einsetzen?"

Daraufhin meinte Brad trocken: "Wenn das Drehbuch und die Gage stimmen, können wir darüber reden. Ich kann Ihnen ja mal die Nummer meines Agenten geben."

Er fingerte ein Kärtchen hervor und hielt es Nolama entgegen. Der Präsident griff leicht irritiert zu, wandte sich dann aber von Brad ab und sagte zu Steven: "Nun gut. Es heißt ja, der Präsident und sein Double sollten nicht gemeinsam auftreten. Also denke ich, dass es Zeit ist, dass ich mich wieder auf den Weg mache. Schließlich ist es noch ein gutes Stück bis nach Washington. Wo ist denn eigentlich die liebe Cynthia abgeblieben?"

Steven brachte vor, was ihm am schnellsten einfiel: "Sie zeigt gerade einer Freundin ihre neuesten Schuhe. Das kann eine Weile dauern. Sie brauchen nicht auf sie zu warten."

Nolama erwiderte: "Okay, dann richten Sie Cynthia aber bitte nachher nochmals meinen herzlichsten Dank aus."

Dann verabschiedete er sich von Steven, wurde von seinen Sicherheitsleuten zum Hubschrauber eskortiert, und kurz darauf verschwand dieser unter ohrenbetäubendem Getöse wieder aus dem Vielwerkschen Garten. Weitere Pflanzen wirbelten durch die Luft, und noch mehr Wasser spritzte aus dem Pool.

Abgesehen davon, dass Nolamas Erscheinen das große

Gesprächsthema bleib, ging es auf der Vielwerkschen Neujahrsparty nun wieder ganz entspannt zu.

Auch Cynthia und Arnold hatten im Nachbarhaus den Lärm des startenden Hubschraubers mitbekommen. Ihnen war klar, dass der Krach nur bedeuten konnte, dass der Präsident fort war. Also fragte Arnold: "Sollen wir nun wieder hinübergehen zu deiner Party?"

Aber Cynthia widersprach: "Ach was. Das läuft dort drüben bestimmt auch alles ganz gut ohne mich. Abgesehen davon haben wir die Inventur deines Arsenals noch gar nicht abgeschlossen. Und ich muss schon sagen: Das Geballere macht einen Heidenspaß."

Arnold nickte zustimmend.

So kam es, dass Cynthia erst spät am Abend wieder auf ihrer eigenen Neujahrsparty erschien, als die erste Hälfte der Gäste bereits gegangen war.

Steven musterte lächelnd seine Frau und fragte: "Und, hat es gewirkt?"

Fröhlich erwiderte Cynthia: "Ganz hervorragend. Mir könnte es gar nicht besser gehen. Vielleicht solltest du dich schon mal darauf einstellen, dass ich jetzt eine Affäre mit unserem Nachbarn beginne. Natürlich nicht mit Arnie, aber ich bezweifle, dass ich seiner Nihilator 17 zukünftig noch widerstehen kann."

Steven lachte.

Weit nach Mitternacht verließen dann auch die letzten Gäste gut gelaunt die Vielwerksche Neujahrsparty, ohne dass es wie im Vorjahr zu einem großen Eklat gekommen war.

Am nächsten Morgen war allerdings nicht zu übersehen, dass Nolamas Hubschrauber beträchtliche Verwüstungen im Garten hinterlassen hatte.

Weit entfernt von Hollywood hatte derweil auch der russische Präsident Wladimir Knutin an einer Neujahrsparty in Moskau teilgenommen. Als man ihm dort aber einen schönen bunten Cocktail gereicht hatte, aus dem oben ein kleines Papierschirmchen herausragte, hatte er sein Glas klammheimlich in einen Blumenkübel entleert.

38. Kapitel
Februar 2013 in Hollywood

And the Winner is ...

Einige Wochen später folgte das große alljährliche Event, bei dem in Hollywood die begehrtesten Auszeichnungen im internationalen Filmgeschäft verliehen wurden.

Zusammen mit vielen anderen Prominenten saßen auch Star-Regisseur Steven Vielwerk mit seiner Frau Cynthia, Julia Topherz mit ihrem Mann Bud, Brad Hit, Danny Levino, Arnold Hantelegger und Boris Baller Seite an Seite in einer der vorderen Reihen des riesigen, bis auf den letzten Platz gefüllten Auditoriums.

Eine spektakuläre Show wurde geboten. Erst nach einer ganzen Reihe von Programmpunkten war der Moment gekommen für die Verkündung, wer in diesem Jahr den Preis als beste Hauptdarstellerin erhalten sollte.

Ein eigens für diesen Zweck engagierter Gast-Star trat auf die Bühne, und nach einigen einleitenden Worten rief er: "And the winner is . . . Julia Topherz!"

Julia schoss aus ihrem Sessel und machte einen Freudensprung, ließ sich von den rechts und links neben ihr Sitzenden umarmen und eilte hinauf aufs Podium.

Mit ihrer goldenen Trophäe in der Hand hielt sie eine kurze Rede und bedankte sich beim Filmteam und ihrem Mann Bud für all die Unterstützung, die sie bei den Dreharbeiten erhalten hatte. Neben Steven Vielwerk hob sie auch Boris Baller hervor: "Ohne deinen großartigen Roman, lieber Boris, wäre ich jetzt nicht die glücklichste Kanzlerin der Welt."

Weitere Showeinlagen folgten. Und dann kam es zur Bekanntgabe, welcher Regisseur den Preis für den besten Film erhalten sollte. Rechts und links von Steven Vielwerk wurden die Daumen gedrückt. Aber es nützte nichts. Denn der Preis ging an einen anderen, gleichfalls sehr berühmten Regisseur, der höchst überzeugend das Leben und Wirken des legendären amerikanischen Präsidenten Abraham Lincoln in Szene gesetzt hatte.

Steven hatte sich zwar leise Hoffnungen gemacht, war aber nicht allzu enttäuscht. Bereitwillig fiel er in den Applaus für seinen Kollegen ein. Während er munter klatschte, sagte er sich mit einem Lächeln: "Nun freue ich mich um so mehr für Julia und darüber, dass ich keine Rechnungen vom künftigen Berliner Flughafen bekommen habe."

Inhalt

FSC
www.fsc.org

MIX

Papier aus ver-
antwortungsvollen
Quellen
Paper from
responsible sources

FSC® C105338